FRANZISKA
WILHELM

MEINE MUTTER SCHWEBT IM WELTALL UND GROSSMUTTER ZIEHT FURCHEN

ROMAN

KLETT-COTTA

Klett-Cotta
www.klett-cotta.de

Printed in Germany
Schutzumschlag: Rothfos & Gabler, Hamburg
Unter Verwendung eines Fotos von © getty images, Fotolia
Gesetzt von r&p digitale medien, Echterdingen
Gedruckt und gebunden von CPI – Clausen & Bosse, Leck
ISBN 978-3-608-93992-7

WILLKOMMEN IM CAFÉ ENDERS

Bei Leuten, die sich vor einen Zug schmeißen wollten, war Strottenheim eine große Nummer. Die Bahnstrecke lief über eine Anhöhe, von der man einen guten Blick auf den Strottenheimer See hatte. Wenn es dunkel war, leuchteten die vielen kleinen Lichter des Elektrizitätswerks in der Ferne. Wenn es noch nicht dunkel war, konnte man die umliegenden Felder sehen, die hier und da durch Pappeln unterbrochen wurden und am Horizont in flache Hügel mündeten. Neben den Gleisen gab es ein paar hochgewachsene Mirabellenbüsche, hinter denen man sich verstecken konnte, bis der Zug nahe genug heran war. Die Selbstmörder, die mit dem Auto kamen, parkten meist auf dem kleinen Schotterplatz unterhalb des Bahndamms. Vom Schotterplatz waren es nur wenige Schritte bis zum Zigarettenautomaten. Wer neben der letzten Zigarette noch ein Bier haben wollte, der kam bei uns vorbei. Bei uns, das war das Café Enders. Über dem Eingang des Café Enders stand noch immer »Sportlokal zum Muskelkater«. Das war so geblieben, seit meine Familie die Sportplatzkneipe vor sieben Jahren übernommen hatte. Mein Onkel Marek war die treibende Kraft im Innenausbau gewesen. Er hatte mit den Deckenplatten angefangen, weil man »immer oben anfängt, wenn man etwas richtig machen will«. Das war sein Spruch gewesen. Onkel Marek hatte auf der obersten Sprosse der Leiter gestanden, den Spachtel in der rechten Hand, das Eimerchen mit dem Kleister im linken Armwinkel. Ich wartete, bis er eine ausreichend große Fläche mit der braunen Paste bestrichen hatte, und reichte ihm dann eine neue Platte aus der Packung nach oben. Hin und wieder hielt Onkel Marek bei der Arbeit inne und sagte etwas wie: »Stell dir mal vor, Milla, helle Holzauskleidung, asymmetrisch angeordnete Sitznischen, ein indirekt beleuchtetes Billard-Séparée. Wie findest du das?« »Großartig«, hatte ich geantwortet, denn ich war mir sicher, dass alles großartig wurde, was von Onkel Marek kam.

Fünf Monate später war Onkel Marek tot. Er hatte sich vor einen Zug geworfen, wie all die anderen. Auf seiner Beerdigung wurde viel über das Café Enders, über die Sitznischen und das Billard-Séparée gesprochen. Nach der Beerdigung hatten meine Mutter, Jano und ich nur noch die restlichen Deckenplatten festgeklebt. Damit war der Umbau beendet gewesen. Es hatte keinen weiter gestört. Wer ins Café Enders kam, kam nicht wegen der Einrichtung. Wer ins Café Enders kam, kam, weil es die einzige Kneipe im Ort war. Und wegen meiner Mutter. Jeden Abend stand sie am Tresen und bediente die Leute. Sie zapfte Bier mit viel zu viel Schaum, konnte sich nie merken, wer einen Kurzen und wer einen Doppelten bestellt hatte. Aber sie lächelte und fuhr sich ab und zu durchs lange braune Haar oder strich sich das Kleid glatt, und alle waren zufrieden. Es gab immer wieder Männer, die über das Zapfen und Gläserspülen meiner Mutter den Zug verpassten, vor den sie sich werfen wollten.

Wenn die letzte Bahn des Abends an Strottenheim vorbeigezogen war, ritzte meine Mutter für jeden Geretteten mit dem Zitronenmesser eine kleine Kerbe in das Furnierholz des Tresens. Meist hörte sie dann für die nächste halbe Stunde auf zu bedienen. Während Jano das Zapfen übernahm und ich die leeren Gläser spülte, fuhr sie mit dem Daumen über die neue Rille.

Es war ein Samstagabend im August 1998, Jano und ich saßen am Familientisch schräg neben der Bar und aßen Toast Hawaii. Meine Mutter stand am Tresen und zapfte Bier für einen Mann, dem man auf hundert Meter ansah, dass er wegen der Bahnstrecke gekommen war. Er trug eine abgewetzte grüngraue Lederjacke mit Bund, die ihm fast bis zu den Knien reichte und deren Nähte an den Ärmeln schon aufplatzten. Sein Unterkiefer bewegte sich unruhig auf und ab. Männer, die sich vor einen Zug schmeißen wollten, sahen immer aus, als ob sie heimlich Zwieback kauten. Jano meinte, das läge daran, dass sich die Entscheidung durch den ganzen Kopf durcharbeiten müsse. Eine Erklärung für die Lederjacken hatte Jano nicht. Aus irgendeinem Grund war es den meisten Leuten ein Bedürfnis, in einer Lederjacke zu sterben. Im Laufe der Jahre hatten wir im Café Enders die unterschiedlichsten Modelle gehabt: schwarz, braun, kurz, halblang, Glattleder mit Felleinsatz am Kragen, Wildleder mit Wollstoff an der Schulter, speckig mit Nieten, speckig ohne Nieten, rötlich, bestickt, nagelneu.

Der Mann mit der viel zu großen Lederjacke drehte uns den Rücken zu. Der Kragen war hochgeschlagen, das rotblonde Haar am Hinterkopf leicht gewellt. »Ein arbeitsloser Elektromonteur«, sagte Jano. »Ein Landschaftsgärtner«, meinte ich. Selbstmörder-Beruferaten – das war unser altes Spiel. Wenn es meine Mutter schaffte, dass sich der Mann an diesem Abend nicht vor den Zug warf, konnten wir später zu ihm an den Tresen gehen, Gläser spülen und unauffällig nachfragen, was er so machte oder was er zumindest mal gelernt hatte. Falls einer von uns richtig getippt hatte, musste der andere beim nächsten Spiel den Grill übernehmen. Der Grill war das Nervigste überhaupt. Man stand stundenlang im Bratwurstqualm, ohne dass jemand kam. Dann, in der Spielpause, kamen alle auf einmal und regten sich auf, dass es nicht schnell genug ging.

Draußen rauschte der 20.27er-ICE vorbei. Der Mann mit der Lederjacke hob leicht den Kopf. Jetzt konnte er nur noch den ICE um 21.27 Uhr kriegen. Es gab auch noch drei Regionalzüge, die bis kurz vor Mitternacht fuhren, aber die Leute aus der Gegend nahmen fast immer den ICE. Das war so etwas wie eine Frage der Ehre. Mein Onkel Marek war einer der Letzten gewesen, der sich noch vor einen Regionalzug hatte werfen müssen. Erst ein halbes Jahr nach seinem Tod waren die ersten Schnellzüge durch Strottenheim geleitet worden. »Das ist einfach nicht fair«, hatte sich Jano bei Großmutter Lucia beschwert, als der erste ICE über die Anhöhe rauschte, und Großmutter Lucia hatte zum ersten Mal in ihrem Leben zu einer Sache nichts gesagt.

Meine Mutter rief nach mir. Hardy wollte eine Bockwurst. Hardy war der Kapitän der Alten Herren. Er wog mindestens zwei Zentner und hatte eine Schuppenflechte am Rücken, die man immer sah, wenn er sich nach einem Foul theatralisch über den Rasen rollte. Aber weil er früher auf die Sportschule gegangen und sogar einmal Kreismeister geworden war, machte sich niemand über ihn lustig. Jeden Dienstag und Donnerstag scharten sich die Fußballherren nach dem Training um ihn herum an den Stammtisch, hörten sich seine Witze an und wollten dazu Bockwurst oder Toast Hawaii oder Soljanka oder alles zusammen. Es war kein Wunder, dass sie alle immer fetter wurden.

Ich lief in die Küche, um Hardys Bockwurst zu holen. Jano begleitete mich. Nicht um mir zu helfen, sondern um mir Gesellschaft zu leisten. Er weigerte sich, für die »Vereinsidioten«, wie er sie nannte, Salatbeilagen zu drapieren. Wir hatten uns damit abgefunden.

Ich brachte Hardy die Bockwurst und setzte mich wieder an den Familientisch. Jano holte uns zwei große Diesel. Der Mann mit der Lederjacke hatte sich kein weiteres Bier bestellt. Das sah nicht gut aus für meine Mutter. Drüben, am Sportlertisch, hörte ich Hardys grölendes Lachen. Er war einer der wenigen aus der Mannschaft, der einen richtigen Job hatte, und das machte ihn besonders laut. Er prostete meiner Mutter mit seinem Bier zu. Der Mann in der Lederjacke legte ein paar Münzen auf den Tresen und erhob sich vom Barhocker. Er war etwas früh dran für den 21.27er-Zug, aber vielleicht wollte er noch eine rauchen, ganz in Ruhe, ohne Hardys Gegrunze im Hintergrund. Meine Mutter schaute ihm nach. Ich wusste, dass sie sich gleich umdrehen würde, zum Guinness-Spiegel, der hinter der Bar hing, obwohl wir überhaupt kein Guinness verkauften. Sie würde durch ihr Haar fahren und dann mit Daumen und Zeigefinger über ihr Gesicht streichen, als wolle sie eine verirrte Wimper entfernen. Sie würde schauen, ob sich etwas an ihr verändert hatte, wie so oft in letzter Zeit. Sie war jetzt fast dreiundvierzig.

Der Mann mit der Lederjacke verließ den Raum. Ich hatte schon einige Männer so durch unsere Kneipe gehen sehen. Ich konnte das schlurfende Geräusch, das ihre Schuhsohlen machten, unter der Musik hindurch hören, egal wie laut das Radio aufgedreht war.

»Der bringt sich nicht um«, sagte ich zu Jano, der dem Mann durch das Fenster nachsah.

»Da wär' ich mir nicht so sicher.«

»Vergiss es! Der Typ hat gar nicht den Mumm dazu. Der wird mit seiner riesigen Lederjacke irgendwo im Gestrüpp hängenbleiben und das als Zeichen nehmen.«

Jano grinste. Es war sein bitteres Grinsen. Mit den Mundwinkeln nach unten.

»Er wird es durchziehen«, sagte er und senkte den Kopf.

Es kamen hin und wieder Leute in unsere Kneipe, die Jano an Onkel Marek erinnerten. Sie mussten nicht unbedingt Ähnlichkeit mit ihm haben. Es ging um etwas anderes, etwas, das sie ausstrahlten. Jano hatte es mir mal genauer zu erklären versucht, aber ich hatte es nie ganz verstanden. Klar war mir nur, dass er ausgerechnet in dem Mann mit der lächerlich großen Jacke einen von diesen Menschen sah. Und das ärgerte mich.

»Ich geh' ihm jetzt hinterher und schau' nach«, sagte ich zu Jano, um ihn zu provozieren. Seit Onkel Mareks Tod mieden wir den Bahndamm. Jano entgegnete nichts. Er nickte nur.

Langsam stand ich auf und lief nach draußen. Der Himmel war taubenblau, es dämmerte bereits. Vor der Tür wartete ich ein paar Minuten, damit der Mann nicht mitbekam, dass ich ihm folgte. Gleichzeitig hoffte ich, Jano würde sich noch dazu entschließen, mir nachzukommen. Ich konnte ihn durch das Fenster sehen. Er saß vor seinem Diesel und rührte sich nicht. Also zündete ich mir eine Zigarette an und lief los. Ich nahm den Weg durch die Gartenanlagen. Die Strecke war kürzer als die durch die Bahnhofstraße, und man kam nicht direkt am Schotterparkplatz vorbei.

Es war 21.12 Uhr, als ich den Bahndamm erreichte. Ich stellte mich hinter einen Mirabellenbusch, von dem aus ich die Bahnstrecke und den Schotterparkplatz gut im Blick hatte. Der Mann lehnte an einem ziemlich verrosteten weißen Bulli und rauchte. Er stand seltsam schief da. Es sah aus, als hätte ihn irgendjemand einmal in der Hüfte durchgeknickt. Sein Kiefer arbeitete immer noch.

21.16 Uhr. Es wurde langsam kühl. Ich strich über meine Oberarme, legte die Daumen in die Kuhlen meiner Achseln. Der Mann in der Lederjacke trat seine Zigarette aus und kletterte die Böschung nach oben. Beim Gehen bog er mit den Fingerspitzen einzelne Zweige und Ranken beiseite. Einmal knackste es unter seinen Füßen. Er zuckte zusammen und fluchte leise. Wahrscheinlich hatte Jano mit seinem arbeitslosen Elektromonteur doch ins Schwarze getroffen. Ein Landschaftsgärtner war er auf jeden Fall nicht.

Auf dem Bahndamm angekommen, drehte sich der Mann in meine Richtung. Ich trat ein Stück weiter in den Mirabellenbusch hinein. Die Blätter verdeckten mir die Sicht, aber ich hörte seine Schritte auf dem Gleisbett näher kommen. Er ging nicht besonders schnell. Trotzdem würde es nur noch wenige Augenblicke dauern, bis er an mir vorüberlief. Ich drückte mich immer tiefer in den Mirabellenbusch hinein. Der Mann trat aus dem Gleisbett und kam auf meinen Busch zu. Ich schloss die Augen, versuchte mich nicht zu bewegen und möglichst leise zu atmen. Kaum zwei Meter von mir entfernt, hörte ich, wie er den Reißverschluss seiner Lederjacke zuzog. Er hatte auf der gegenüberliegenden Seite des Busches Position bezogen. Langsam öffnete ich die Augen. Durch eine Lücke im Geäst konnte ich seine runde Stirn und die schnurgeraden, buschigen Brauen erkennen. Konzentriert blickte der Mann in die Ferne. Es war noch nicht ganz dunkel. Der See lag blaugrau und ohne jede Bewegung vor uns. Die Lichter des Elektrizitätswerks leuchteten wie ein Schwarm Glühwürmchen am Nordufer. Dahinter begann die Bahnstrecke.

Ich konnte den Atem des Mannes hören. Er war überraschend ruhig. Ich überlegte, ob er meinen Atem auch hörte. Vielleicht wusste er, dass da kaum zwei Meter von ihm entfernt noch jemand war. Doch der Mann schaute einfach weiter geradeaus. Die Ruhe, die nach und nach in seinen Körper einkehrte, machte mir Angst. Vorhin, in der Kneipe, war ich mir sicher gewesen, dass er nicht einmal die Böschung hochsteigen würde. Jetzt stand er hier neben mir und jede seiner Bewegungen war von einer stillen Entschlossenheit, die mich an Onkel Marek erinnerte, der mittags noch präzise wie immer die Zwiebeln, die Gurken und die Kartoffeln für den Kartoffelsalat geschält und sich dann später ohne Ankündigung und ohne Abschiedsbrief das Leben genommen hatte. Wahrscheinlich hatte er an seinem letzten Abend an der gleichen Stelle wie wir gestanden und gewartet. Ich bekam Angst, dass Jano den Typen doch besser eingeschätzt hatte als ich.

Der Mann mit der Lederjacke trat einen Schritt nach vorn. Mit den Augen folgte ich dem Bogen, den die Gleise um den See machten. Es musste bestimmt schon 21.27 Uhr sein. Ich traute mich jedoch nicht, meinen Arm zu heben, um auf die Uhr zu schauen. Ob ein Selbstmörder erleichtert oder verärgert war, wenn der Zug, vor den er sich werfen wollte, Verspätung hatte? Ich wusste es nicht. Es war auch nicht mehr wichtig. Am Ende der Strecke tauchten die Lichter des ICEs auf. Der Zug machte eine Kurve um das westliche Ende des Sees. Ich sah die vielen beleuchteten Fenster und hörte das Vibrieren der Schienen. Mit einem Mal spürte ich, wie der Mann auf der anderen Seite des Mirabellenbuschs zu schwitzen begann. Sein Schweiß lief mir den Nacken herunter. Ich fühlte das Gewicht seiner Lederjacke auf meinen Schultern. Meine Beine begannen zu zittern. Als er auf die Gleise trat, verlor ich das Gleichgewicht. Vergeblich versuchte ich, mich an den Zweigen des Mirabellenbuschs festzuhalten. Es knackste und raschelte. Ich stolperte nach vorn. Der Mann mit der Lederjacke drehte den Kopf in meine Richtung. Hinter mir begannen die Bremsen des Zuges zu quietschen. Ich hörte sie seltsam gedämpft, wie durch eine Wand. Doch ihr Geräusch brachte den Boden unter mir ins Schwanken, die Mirabellenzweige, die langen Gräser, die Kieselsteine im Gleisbett, alles schien plötzlich gegeneinanderzuschlagen. Nur der Mann mit der Lederjacke stand vollkommen ruhig in der Landschaft. Die Scheinwerfer des Zuges tauchten sein Gesicht in ein blasses gelbes Licht. Ich drehte mich um, sah die Lok und die schwarze Führerkabine, die in Sekundenschnelle immer näher kamen.

Nein!, dachte ich, Nein!

Dann begannen meine Beine zu laufen, die Böschung hinunter, durch Gestrüpp und Buschwerk und Brennnesseln, hinein in die Nacht, die endlich angekommen war.

MEINE MUTTER SCHWEBT IM WELTALL

In unserer Familie waren die Frauen schon immer größer als die Männer. Als das Hochzeitsfoto meiner Großeltern geschossen wurde, hatte mein Opa Hermann auf einem kleinen Podest gestanden, damit sein Kopf mit dem von Großmutter Lucia auf gleicher Höhe war. Man sah das Podest auf dem Bild nicht, aber meine Mutter hatte mir davon erzählt, und die wusste es von Opa Hermann selbst. Keiner der Enders-Söhne schaffte es je, an die Höhe von Großmutter Lucia heranzukommen: weder mein Onkel Marek, der sich vor einen Zug geworfen hatte, noch Jano, der nur drei Jahre älter war als ich. Allein meine Mutter war genauso groß geworden wie Großmutter Lucia, nämlich einen Meter achtundsiebzig. Mit einem Wachstumsschub um meinen vierzehnten Geburtstag herum durchbrach ich die Höhenlinie unserer Familie. Einen Meter einundachtzig hatte meine Mutter gemessen, oberste Marke im Türrahmen. Großmutter Lucia hatte mich mit einem langen, von unten nach oben wandernden Blick betrachtet, einem Blick, mit dem andere Leute Fliegerdenkmäler, antike Säulen oder Dinosaurierskelette begutachten. »Jetzt ist aber mal genug«, hatte sie gesagt. Es war eine Drohung gewesen. Großmutter Lucia war eine

Meisterin im Drohen, ihr Blick und der Tonfall ihrer Stimme legten meine Wachstumshormone lahm. Mein Körper blieb bei einem Meter einundachtzig stehen. Später dachte ich oft darüber nach, ob es nicht besser gewesen wäre, wenn Großmutter Lucia schon früher etwas zu meiner Größe gesagt hätte. Es war seltsam für mich, die Jüngste zu sein, aber über alle hinauszuragen. Jano meinte nur, dass man das mit der gemessenen Größe nicht zu ernst nehmen dürfe, weil Zentimeterangaben niemals den Kern einer Sache träfen. Im Hinblick auf meine Mutter und meine Großmutter musste ich ihm da absolut recht geben. Sie teilten sich einen Strich im Türrahmen. Neben dem Strich stand: Lucia + Rosana, 5. September 1971. Ich nahm an, dass dieser Strich noch von Opa Hermann gezogen worden war, der dabei wahrscheinlich wieder auf einem Podest gestanden hatte. Ich nahm auch an, dass es das erste, einzige und letzte Mal gewesen war, dass jemand meine Mutter und meine Großmutter unter einem Strich zusammengefasst hatte. Ich selbst hatte meinen Großvater nie kennengelernt, weil er starb, bevor ich geboren wurde, aber mit dem Strich hatte er mich beeindruckt.

Es gab keine zwei Menschen im Dorf, die sich so unähnlich waren wie meine Mutter und meine Großmutter. Am deutlichsten wurde das, wenn man hinter ihnen durch den Schnee ging: Großmutter Lucias Haar war schwer und rauh wie Pferdehaar. Sie trug einen dicken straff gebundenen Dutt, dem kein Wind etwas anhaben konnte. Großmutter Lucia sagte, ihr Haar sei so stark, weil sie einen so starken Willen habe, und der käme ja auch aus dem Kopf. Sie trug sommers wie winters einen dunkelbraunen Rock mit Gummizug und hatte für eine Frau ein überraschend breites

Kreuz. Großmutter Lucia war so fest im Boden verankert, dass sich ihre Füße beim Gehen nur wenige Millimeter von der Erde lösten. Großmutter Lucias Fußabdrücke waren keine Fußabdrücke, sondern Furchen.

Die Spuren meiner Mutter waren ganz anders. Wenn sie einen Weg entlanglief, sah man hier und da nur kleine Dreiecke im Schnee. Meine Mutter trat nie mit dem ganzen Fuß auf, sondern, wenn überhaupt, nur mit der Spitze. Beim Gehen blieb der linke Arm, der Tablettarm, fest an einer Stelle, der rechte schwang langsam und gleichförmig vor und zurück. Alle Bewegungen meiner Mutter waren langsam, schwingend und gleichförmig. Wenn sie neben meiner Großmutter ging, wirkte sie schwerelos.

Es war unumstritten, dass meine Mutter die schönste Frau war, die je in Strottenheim gelebt hatte. »So schön wie Romy Schneider«, behauptete meine Großmutter nicht ohne Stolz, aber ich glaubte, dass die Schönheit meiner Mutter nichts mit der Schönheit von Romy Schneider zu tun hatte. Die Schönheit meiner Mutter konnte man nicht auf Fotos festhalten, die Schönheit meiner Mutter konnte man nur spüren.

Ich stellte mir meine Mutter oft im Weltraum vor. In etwa so: Rosana schwebt hinter einem Tresen, der sich direkt im All befindet. Neil Armstrong steigt aus seiner Rakete und bestellt eine Jim Beam Cola. Meine Mutter bringt die Bestellung mit der von Juri Gagarin durcheinander, der schon eine halbe Stunde auf seinen doppelten Wodka wartet. In dem Moment, in dem die Männer anfangen, wütend zu werden, streicht sich meine Mutter das Haar hinters Ohr und sagt: »Das Blaue da unten, das ist übrigens die Erde.« »Tatsächlich«, antworten Armstrong und Gagarin gleichzeitig und sehen erst auf die Erde, dann auf meine Mutter, die in ihrem grünen Kleid hinter dem Weltraumtresen schwebt. Später stoßen sie mit schaumigem Bier, das sie gar nicht bestellt haben, erst auf die Erde und dann auf meine Mutter an, und alles ist irgendwie gut.

Meine Mutter hatte dunkelbraunes Haar, das sanft im Wind wehte, auch wenn kein Wind wehte, und Augen, die je nach Jahreszeit die Farbe wechselten. Sie war für jeden Mann unerreichbar und trotzdem für alle da. Es gab immer Rolfs und Rauls und Manfreds und Ralfs, die um meine Mutter herumschlichen, ihr Blumen brachten und die sie mal näher und mal weniger nah an sich heranließ. Schon ein Lächeln oder eine kleine Berührung von ihr konnte die Rolfs und Rauls und Manfreds und Ralfs so glücklich machen, dass sie unsere Obstbäume beschnitten, die Eistruhe und gebrochene Fliesen reparierten oder neue Elektrokabel verlegten.

Meine Großmutter Lucia ist in ihrem ganzen Leben nur für einen Mann da gewesen und das bis zum Schluss. Das erzählte sie häufig und am liebsten, wenn meine Mutter in der Nähe war. Wir alle konnten die Geschichte von Opa Hermanns Krankheit mitsprechen. Aber eigentlich konnte Großmutter Lucia froh sein, dass es so war, wie es war mit meiner Mutter, weil all die Sachen, wie die Fliesenreparaturen oder die Elektrokabelverlegungen, ja gemacht werden mussten.

Auf ihre Weise waren meine Mutter und meine Großmutter ein gut eingespieltes Team. Durch ihre Unterschiedlichkeit nahmen sie nur sehr viel Raum ein. Wenn meine Mutter und meine Großmutter nebeneinander durchs Dorf liefen, ging ich meistens hinterher, weil neben ihnen kein Platz mehr war. Ich konnte über ihre Köpfe hinwegsehen und passte auf, dass der Abstand zwischen uns nicht zu groß wurde. Manchmal schaute ich auf das schmale Stück zwischen ihren Körpern. Der Arm meiner Großmutter war beim Gehen immer leicht angewinkelt. Von Zeit zu Zeit berührte ihr Ellenbogen die Taille meiner Mutter, nicht zu fest, sondern gerade so, dass meine Mutter die Spur nicht verlor und meine Großmutter wusste, dass sie noch da war.

NACHT IN STROTTENHEIM

Als ich über den Schotterplatz rannte, schlugen mir die Schnürsenkel meiner Turnschuhe gegen die Knöchel. Kletten und Gräser hatten sich in ihnen verfangen. Doch ich hatte keine Zeit anzuhalten. In ein paar Minuten würde die Feuerwehr hier sein, und ich wollte nicht, dass sie mich entdeckten. Im Laufen drehte ich mich noch einmal kurz zum Bahndamm um. Jemand war aus dem Zug gestiegen, wahrscheinlich der Schaffner. Ich ärgerte mich, dass ich nicht zu den Gartenanlagen geflüchtet war, sondern zum Bahnhof hin. Die Rettungsleute kamen immer von der Bahnhofsseite. Ich rannte schneller. Auf dem Bahndamm leuchteten die Scheinwerfer der stehenden Lok. Ich wollte ihr hässliches kaltes Licht nicht mehr sehen. Hastig bog ich in den Triftweg und dann rechts in die Feldstraße ein, da hörte ich schon das Heulen einer Sirene. Schnell versteckte ich mich hinter einem parkenden Auto. Als das Geräusch langsam verstummte, ließ ich mich auf den Bordstein sinken. Ich lehnte mich gegen den Kotflügel des Wagens und schloss die Augen. Alles in mir pochte, klopfte und pumpte. Ich dachte an den Mann auf dem Gleisbett, an sein rundes, gelb beleuchtetes Gesicht. Wie alt mochte er wohl gewesen sein? Ende dreißig vielleicht. Onkel Marek war bei seinem Tod achtunddreißig gewesen. Wahrscheinlich war das ein gefährliches

Alter für normale Menschen. Kaputte Künstler starben mit siebenundzwanzig, alle anderen verzweifelten Seelen raffte es mit achtunddreißig dahin. Sie hatten elf Jahre mehr. Dafür starben sie im Stillen, denn die Zeitungen aus der Gegend hatten irgendwann aufgehört, über die Selbstmörder zu berichten. Aus Angst vor Trittbrettfahrern schrieben sie lieber über die Aktiventreffen des Kaninchenzüchtervereins. Selbst die Alte-Herren-Mannschaft tauchte regelmäßig im Ortsblatt auf, meistens war Hardy im Bild. Fett und grinsend. Was den Angehörigen blieb, war die Seite mit den Traueranzeigen. »Unser lieber XY ist aus dem Leben gerissen worden« stand dann da oder: »Er ging viel zu früh und ohne Abschied«. Für die Familien, die eine aufwendiger gestaltete Annonce aufgeben wollten, gab es sogar ein Ornament, das an blumenumrankte Schienen erinnerte. Eine Zeitlang hatte ich solche Anzeigen gesammelt, heimlich natürlich.

Großmutter Lucia hatte sich nach Onkel Mareks Tod gegen einen Nachruf entschieden. Jano und ich hatten sie dafür gehasst. Wir hassten sie ohnehin in dieser Zeit. Und wir fürchteten uns vor ihr. Sie weinte nicht um ihren Sohn. Nicht an dem Abend, als sie von seinem Tod erfuhr, nicht an dem Tag, an dem die Beerdigung stattfand, und auch nicht später, als sie seine Sachen zusammenpackte und in Kisten auf dem Dachboden verstaute. Großmutter Lucia war schon immer ernst und kühl gewesen, aber Mareks Selbstmord ließ in ihrem Herzen einen Eisberg wachsen. Jeder, der versuchte, sich ihr zu nähern, zerschellte daran.

Die Entwicklung, die meine Mutter vollzog, war ähnlich beängstigend. Auch sie weinte nicht. Obwohl sie sonst bei jedem dämlichen Schmonzettenfilm mit glasigem Blick auf der Couch hockte, ein zerknülltes Taschentuch in den Händen, blieben ihre Augen trocken und ihre Bewegungen leicht. Ihr Mund lächelte unentwegt. Sie ignorierte einfach, dass Marek gestorben war. »Sie hat einen Schock oder so etwas«, versuchte Jano mich damals zu beruhigen. Doch die Veränderungen, die in meiner Mutter und meiner Großmutter vorgingen, machten mir so viel Angst, dass ich nicht mehr mit ihnen unter einem Dach schlafen wollte. Eines Nachts flüchtete ich aus dem Haus und klopfte an Janos Gartenhütte. Jano hatte bis dahin nie viel mit mir zu tun gehabt. Ich war für ihn seine brave, langweilige Nichte Milla gewesen, mit der er sich nicht abgeben wollte. An jenem Abend allerdings öffnete er mir die Tür, umarmte mich und ließ mich neben ihm in seinem Bett schlafen. Wir taten uns auf eine Weise leid, die furchtbar und gut zugleich war. Wir heulten ganze Nächte durch. Wir litten. Wir schluchzten. Wir krallten uns ineinander und rollten dabei vom Bett auf den Boden. Wenn uns in diesen Tagen jemand gesehen hätte, hätte er sicher gedacht, wir seien nicht ganz bei Trost. Waren wir ja auch nicht. Wir hatten Marek verloren.

Ich spürte eine Hand auf meiner Schulter und schrak zusammen. Jemand legte seinen Finger auf meinen Mund. Es war Jano.

»Der Elektromonteur hat wohl Ernst gemacht?«, fragte er und ließ mich wieder los.

»Sieht so aus«, sagte ich und kniff die Augen zusammen. »Was machst du hier?«

»Ich habe die Sirenen gehört und bin dich suchen gegangen. Ich dachte, wir könnten mal wieder bei Hardy vorbeischauen.«

Neben dem Selbstmörder-Beruferaten war das unser zweites Spiel. Während Hardy bei uns in der Kneipe herumsaß, hingen wir in seinem Haus ab. Besonders viel Zeit konnten wir uns dort lassen, wenn sich wieder jemand vor einen Zug geworfen hatte. Denn Hardy liebte es, das Geschehen am Bahndamm zu beobachten, wahrscheinlich, weil er früher einmal Feuerwehrmann hatte werden wollen. Von der Kneipe aus bekam man ganz gut mit, was auf den Gleisen passierte. Hardy setzte sich meist auf einen Stuhl direkt am Fenster und blieb bis zum Schluss. An solchen Abenden brachte er uns ziemlich viel Umsatz. Deshalb duldete Großmutter Lucia es auch, dass er andauernd laut kommentierte, was er sah.

Ich pflückte die Kletten von meinen Schnürsenkeln und band mir die Schuhe zu. Meine Hände zitterten noch. Trotz der Dunkelheit bemerkte es Jano. Er setzte sich neben mich und fuhr mit seiner Hand an meinem Ohr entlang. Es war eine sanfte Berührung, bis er mein Ohrläppchen erreichte. Er kniff es in einer schnellen Bewegung zwischen Daumen und Zeigefinger zusammen. Das machte er manchmal, wenn er mit etwas nicht einverstanden war.

»Wir hatten mal gesagt, dass wir da nicht mehr hingehen, zum Bahndamm.«

Ich nickte und schwieg. Janos Hand wanderte von meinem Ohr über meinen Hals zu meiner Schulter. Ein paarmal ließ er sie auf meinem Rücken auf- und abgleiten, dann umfasste er meinen Arm. »Lass uns gehen!«, sagte er und zog mich mit sich nach oben.

Hardys Haus lag keine drei Minuten entfernt. Auf dem Weg dorthin pfiff Jano leise vor sich hin. Ich hatte das Gefühl, als wolle er mich damit beruhigen. Doch der Mann mit der Lederjacke ploppte immer wieder irgendwo in meinem Kopf auf.

Jano drückte die Klinke von Hardys Eingangstor. Rocky kam uns entgegen, wedelte mit dem Schwanz, fiepte leise und sprang zur Begrüßung an mir hoch. Ich kraulte sein weiches Fell. Jano hatte ihm über die Jahre beigebracht, nicht zu bellen, wenn wir kamen. Wir zogen das Tor leise hinter uns zu und schlichen zum Haus. Unter der Stufe zur Eingangstür gab es einen Hohlraum, dort lag der Schlüssel. Bevor wir die Tür aufschlossen, suchte Jano nach einem Stöckchen. Er warf es weit in den Garten hinein, Rocky rannte mit wehenden Ohren hinterher. »Was für ein schräger Hund«, sagte Jano und steckte den Schlüssel ins Schloss.

Im Flur roch es nach Plastikfolie und Holzlamellen. Hardy verkaufte Rollläden und Jalousien. Er hatte den unteren Teil des Hauses zu einem Büro mit Lagerraum umgebaut.

»Ich muss jetzt was trinken«, sagte Jano und lief die Treppe hinauf. Ich folgte ihm. Wir fingen immer in der Küche an. Jano öffnete den Kühlschrank.

»Möchtest du einen Schluck?«

Hardys Frau Sabine hatte einen großen Rumtopf im Kühlschrank, den sie je nach Saison mit frischen Beeren auffüllte. Jano liebte dieses Zeug.

»Nee, danke«, sagte ich und setzte mich an den Küchentisch. Jano schaute wieder in den Kühlschrank, griff nach irgendetwas, schlug die Tür zu und kam zu mir. Er hielt eine Schmelzkäseecke in Silberfolie in der Hand, eine mit Schinkengeschmack. Langsam pulte er erst das hellblaue Papier mit dem Schinkenbild und dann die Silberfolie vom Käse. Ich schaute ihm dabei zu. Ich mochte seine Hände. Sie waren kantig und schlank. Bis auf den Daumen hatte jeder Finger eine ganz gerade, flache Kuppe. Ich mochte auch Janos Zweihügelstirn. Hügel eins, Furche, Hügel zwei, Haaransatz. Es gefiel mir, mit der Hand darüberzufahren.

»Möchtest du mal abbeißen?« Jano streckte mir die entpellte Schmelzkäseecke entgegen. Ich schüttelte den Kopf. Er knüllte das Silberpapier zusammen und steckte es in seine Hosentasche.

»Dann lass uns rübergehen und den Fischen beim Schlafen zusehen.«

Direkt vor dem Wohnzimmerfenster stand eine Straßenlaterne, die ein orangefarbenes Licht in den Raum warf. In der Ecke neben der Tür blubberte das Aquarium. Ich setzte mich aufs Sofa, schlüpfte aus meinen Schuhen und legte die Füße auf einen Sessel. Jano kam zu mir. Er schob seine rechte Hand an meinem Nacken vorbei auf meine Schulter. Ich lehnte meinen Kopf an seinen Hals und konzentrierte mich auf Janos Geruch. Jano roch nach Gras, nach Deo, nach Kneipe und nach Schmelzkäsezubereitung. Es war ein guter Geruch.

»Denk nicht mehr an vorhin«, sagte er.

»Ist schon wieder okay«, antwortete ich.

Jano griff nach meinem Arm und zog mich ein Stück näher zu sich heran. Eine Weile lagen wir nur still nebeneinander. Auch Jano schien etwas durch den Kopf zu gehen. Ich fragte nicht nach. Er grübelte ohnehin zu viel. Tagelang konnte er über Dinge nachdenken, ohne auch nur ein einziges Wort darüber zu verlieren. Manchmal musste man ihn auffangen, bevor er sich ganz und gar darin fallen ließ.

Ich streifte Janos T-Shirt ein Stück nach oben und strich mit den Fingerspitzen über seine Brust. Sofort hielt er meine Hand fest.

»Was ist denn los?«, fragte ich.

»Nichts«, sagte er.

Ich zog meine Hand aus seiner und richtete mich ein Stück auf, so dass mein Gesicht genau über seinem war. Sanft rieb ich meine Wange an Janos Lippen entlang. Ich versuchte, mich nur auf dieses Gefühl zu konzentrieren. Es sollte die Bilder vom Bahndamm aus meinem Kopf verjagen. Ich wollte nicht mehr darüber nachdenken. Stück für Stück schob ich meine Hand weiter unter sein T-Shirt. Ich wollte Janos Haut spüren, die immer rauh war. Ich wollte seine Rippen spüren, von denen sich jede einzelne so deutlich abzeichnete. Langsam ließ ich meine Hand über seine Brust nach unten gleiten. Dann knöpfte ich seine Jeans auf.

Mit sechzehn hatte Jano alle Mädchen im Umkreis gevögelt, selbst die dicken. Er sprach nie darüber, aber ich bekam es natürlich trotzdem mit. Mit neunzehn und nach dem Tod von Onkel Marek hatte er genug von all den »hirnlosen Ischen«, wie er sie nannte. Seitdem berührten wir uns. Jano hatte entschieden, dass es für uns nicht mehr als ein Berühren geben durfte. Schließlich sei ich biologisch gesehen immer noch seine Nichte. Auch wenn er nur drei Jahre älter war als ich. Ich hatte ihm schon öfter erklärt, dass es vom Ergebnis her dasselbe sei, ob wir miteinander schliefen oder uns nur anfassten, doch er blieb bei seiner Meinung.

Während ich meine Finger langsam auf- und abgleiten ließ, spürte ich Janos Atem auf meiner Haut. Erst hatte er versucht, meine Hand wegzuschieben, dann waren seine Atemzüge schneller geworden. Immer noch schwebte mein Gesicht über seinem. Jano schaute mich an. Ich versuchte, die Pupillen in seinen schwarzbraunen Irisringen auszumachen, aber es war zu dunkel. Mein Blick streifte über Janos

Stirn: Haaransatz, Hügel, Furche, Hügel, Haaransatz. Alles war gut. Alles war so, wie es sein sollte.

Jano kam in meiner Hand.

Er suchte nach einem Taschentuch, fand aber keines. Ich zog mir eine meiner Socken aus und hielt sie ihm hin. Jano wollte gerade danach greifen, als wir hörten, wie unten die Tür geöffnet wurde.

»Ich komme gleich, Sabine«, rief Hardy aus dem Erdgeschoss. Jano sprang auf, packte meinen Arm und zog mich hinter das Sofa. Das Licht wurde eingeschaltet. Sabine stand im Türrahmen. Sie hatte uns schon gesehen. Jano schloss den Reißverschluss seiner Hose und richtete sich auf. Sabine bewegte sich nicht. Sie schien nicht einmal mehr zu atmen. Wie immer waren ihre winzigen, schmalen Augen dick mit Kajal umrandet. Auf der rechten Seite war die Schminke schon verlaufen. Die schwarzen Schlieren gaben ihr ein seltsam fremdes Aussehen. Ich versuchte herauszufinden, was in ihr vorging – ohne Erfolg. Ihre Augen verrieten nichts, ihr Mund blieb ein verschlossener dünner Strich. Ich räusperte mich vorsichtig. Sabines Lippen öffneten sich, doch sie sagte kein Wort. Jano schaute mich an. Ich verstand seinen Blick. Wir mussten so schnell wie möglich aus diesem Wohnzimmer verschwinden. So wie es sich anhörte, war Hardy unten in seinem Büro. Ich schaute auf den Boden. Zwischen Sabine und uns lagen meine Turnschuhe. Vorsichtig trat ich hinter dem Sofa hervor, griff danach und schlüpfte hinein. Ich machte mir nicht die Mühe, die Socke, die ich die ganze Zeit in meiner Hand gehalten hatte, vorher überzuziehen, sondern stopfte sie einfach in meine Hosentasche. Jano trat ebenfalls ein paar Schritte nach vorn. Etwas zu hastig allerdings. Er blieb am Wohnzimmertisch hängen und stolperte auf Sabine zu. Sabine erwachte aus ihrer Starre und schlug mit der flachen Hand gegen den Türrahmen. Das Geräusch des Aufschlags fuhr laut und dumpf durchs Haus.

»Sabine?«, rief Hardy von unten herauf.

»Es tut uns leid«, flüsterte Jano, „wir wollten nichts …« Sie schnitt ihm mit einer Handbewegung das Wort ab.

»Sabine?«, brüllte Hardy wieder.

»Alles in Ordnung«, rief Sabine zu ihm hinunter. Ihre Stimme klang seltsam blechern.

Sabine wischte sich mit dem Handrücken über die verschmierten Augen. Ihr Hals hatte rote Flecken bekommen. Sie überlegte wohl, was sie mit uns tun sollte. Ich traute mich nicht mehr, mich zu bewegen. Auch Jano stand einfach nur da. Bis auf das Blubbern des Aquariums war es furchtbar still im Raum. Nach ein paar unendlich langen Augenblicken setzte sich Sabines kleiner, stämmiger Körper in Bewegung. Sie kam auf uns zu, griff mich und Jano am Arm und führte uns die Treppe hinunter. Ich spürte ihre Fingernägel auf meiner Haut. Es überraschte mich, wie fest sie zupacken konnte. Wir liefen so leise wie möglich an Hardys Bürotür vorbei. Sabines Mund war wieder zu einem festen Strich verschlossen. Erst als wir draußen waren, begann sie zu sprechen.

»Ich habe keine Ahnung, was ihr hier tut, aber ich rate euch …« Sabine stockte. Sie schaute hinüber zu Hardys Bürofenster. Hardy hatte das Licht ausgeknipst und lief nun durch den Flur. Er hatte mitbekommen, dass Sabine nach draußen gegangen war. »Ich rauch' noch eine mit«, rief er laut, und wir hörten ihn von innen auf die Haustür zukommen. »Weg jetzt, weg hier!«, zischte Sabine.

Wir rannten los.

ENTDECKT WERDEN

Erst als wir vor Janos Gartenhütte standen, traute ich mich wieder zu sprechen.

»Sie werden den Türschlüssel nicht mehr unter die Stufe legen.«

»Das ist unser geringstes Problem«, sagte Jano barsch und verschwand in seiner Hütte. Die Holztür schlug direkt vor mir zu. Jano verriegelte sie von innen. Ich verstand nichts mehr. Er konnte mich doch jetzt nicht einfach so hier draußen stehen lassen! Ich begann, gegen den blätternden grünen Lack zu klopfen, erst mit den Händen, später mit meinem Turnschuh, aber Jano öffnete nicht. Mit dem Schuh in der Hand lief ich durch die Kneipe und in die obere Etage unseres Hauses, in der meine Mutter und Großmutter Lucia schon schliefen. Vom Klofenster aus konnte ich den Bahndamm sehen. Alles war dunkel und ruhig dort. Fast als ob überhaupt nichts vorgefallen wäre.

Ich legte mich in mein Bett und knipste das Licht aus. Dann schaltete ich es wieder ein, stand auf und schaute durch das Fenster hinunter zur Gartenhütte. Dort waren die Jalousien fest geschlossen. Ich ärgerte mich. Ich verstand Jano nicht. Warum wollte er mich jetzt nicht bei sich haben? Es war nur eine Frage der Zeit gewesen, bis unser Spiel aufflog. Wie oft hatten wir wohl schon in Hardys Wohnzimmer gesessen? Zwanzigmal vielleicht. Oder öfter? Im Prinzip ging es doch darum, entdeckt zu werden. Irgendwann. Ich erinnerte mich, wie vorsichtig wir das erste Mal die Stufen zur Stube hochgestiegen waren. Ich hatte sogar darauf bestanden, dass wir die Schuhe auszogen. Nachdem wir das erste, das zweite und das dritte Mal unentdeckt geblieben waren, waren wir mutiger geworden. Wir hatten begonnen, uns selbstverständlicher durch die Zimmer zu bewegen. Wir öffneten den Kühlschrank, schnitten uns Stücke von der Salami ab, tranken vom Rumtopf. Es ging doch darum, eine Fährte zu legen. Kleine, feine Zeugnisse unserer nächtlichen Besuche. Aufspürbar, wenn man nur genau hinschaute. Und jetzt war der Tag gekommen, an dem sie uns bemerkt hatten. Es war nicht so passiert, wie ich es mir vorgestellt hatte, aber es war passiert. Ich hatte keinen Hardy gesehen, der außer sich war vor Wut, der auf Jano losging und vielleicht auch auf mich. Es hatte nur eine Sabine gegeben, die bestimmt und still geblieben war, die uns, warum auch immer, geschützt hatte. Dennoch waren wir entdeckt worden. Wenn man es logisch betrachtete, war damit ein Ziel erreicht. Und nun wussten wir nicht, was geschehen würde. Es würde Ärger geben, so viel stand fest. Gerade deshalb mussten wir doch zusammenhalten. Wir sollten beide eingeschlossen in Janos Hütte sitzen. Wir drinnen und die Welt draußen. So lange bis der Sturm vorbei war. Doch Jano ließ mich nicht zu sich, er kapselte sich ab. Vielleicht hatte ich zu viel erwartet. Ich hatte angenommen, dass wir zusammengehörten. Auf unsere spezielle Weise. Aber Jano war auch mir gegenüber der geblieben, der er allen anderen gegenüber war. Der Unerreichbare. Jano hatte in letzter Konsequenz immer sein eigenes Ding durchgezogen, egal, was irgendwer anderes davon hielt. Er hatte mit elf angefangen zu rauchen und in der Achten mit der Schule aufgehört, obwohl ihm Großmutter Lucia jedes Mal die Hölle heißgemacht hatte. Vor ein paar Jahren hatte er aus einer Laune heraus beschlossen, nie wieder Socken und geschlossene Schuhe zu tragen. Zwei Winter lang war er nur in Biolatschen durch die Gegend gelaufen. Seine Zehen hatten furchtbar ausgesehen. Lila. Hardy hatte ihm zu Weihnachten eine leere Margarinedose geschenkt, in der er seine Zehen sammeln sollte, sobald sie abfielen. Das Seltsame war, dass Jano in diesen zwei sockenlosen Wintern vollkommen gesund geblieben war. Nicht mal einen Schnupfen hatte er sich geholt.

Jano war zäh und stur. Ihm war egal, was die Leute dachten. Ich konnte mir nicht erklären, warum es ihn also jetzt so aufbrachte, dass Sabine uns entdeckt hatte. Schämte er sich dafür, dass er mit mir, seiner Nichte, auf der Couch erwischt worden war? Das passte doch gar nicht zu ihm.

Ich legte mich wieder ins Bett und vergrub mich unter meiner Decke. Eine unendlich lange Zeit versuchte ich einzuschlafen, aber es gelang mir nicht. Mein Körper fand keine Ruhe. Mein Kopf auch nicht. Wie ein kaputter Videorekorder hing er sich immer wieder an der Stelle in Hardys Haus auf. Jano und ich hinterm Sofa. Sabines Hand im Türrahmen. Hardys Schritte im Flur.

Irgendwann stand ich auf und ging erneut zum Fenster. In Janos Hütte war nach wie vor alles dunkel und verriegelt. Wie eine kleine schwarze Festung stand sie in unserem Garten. Ich wickelte mir meine Decke um die Schultern und öffnete das Fenster. »Gute Nacht«, sagte ich in die Nacht hinein, und niemand antwortete.

ES WIRD REGEN GEBEN

Günther, der Platzwart, war wie jeden Sonntagmorgen der Erste in der Kneipe. Großmutter Lucia hatte sich irgendwann darauf eingelassen, ihm einen eigenen Schlüssel zu geben, damit er sich sein erstes Bier selbst zapfen konnte. Günther saß am Tresen und blätterte in der Fernsehzeitung. Mit einem Kuli markierte er die Sportsendungen der nächsten Woche. Ich trank ein Glas Orangensaft und schaute ihm dabei zu.

»Du musst Kaffee machen, Milla«, erinnerte mich Günther. Er hasste es, wenn der Ablauf durcheinanderkam. Ich seufzte und ging in die Küche, um neues Kaffeepulver zu holen. Die E-Jugend hatte um neun Heimspiel. Während ich die Filtertüte einsetzte und den Kaffee in die Maschine füllte, dachte ich an Jano. Es waren jetzt fast zehn Stunden vergangen, seit wir Hardys Haus verlassen hatten. Ich hoffte, dass er sich über Nacht beruhigt hatte, dass er seine Gartenhüttenfestung wieder aufschließen und mir ein bisschen zur Hand gehen würde, wie er es manchmal tat. Aber vor elf ließ er sich selten in der Kneipe blicken. Schon gar nicht an einem Sonntag. Es war halb neun. Die ersten Leute erschienen auf dem Platz. Ein paar Eltern in Regenjacken brachten ihre Kinder zu den Umkleiden. Der Trainer der anderen Mannschaft stand am Spielfeldrand und schaute mit zusammengekniffenen Augen in den bewölkten Himmel. »Es wird Regen geben«, sagte Günther, obwohl es allen längst klar war. Ich trat ans Fenster und betrachtete die ersten feinen Tropfen, die gegen die Scheibe schlugen. Ganz leise konnte man sie hören.

»Willst du die Gäste noch länger warten lassen?«, fragte Großmutter Lucia, die immer, wenn ich Frühdienst hatte, auftauchte, um mich zu kontrollieren. Drei Mütter mit nassgenieselten Gesichtern bestellten Kaffee und Schokoriegel. Während ich die orangefarbenen Pötte füllte, fuhr Großmutter Lucia mit einem Lappen im Abtropfbecken herum. Es war seltsam, an diesem Morgen neben Großmutter Lucia zu arbeiten. Hinter meiner Großmutter stand eine Nacht voll Schlaf. Hinter mir stand ein Mann, für den der Zug nicht mehr hatte bremsen können. Hinter mir stand Sabine, die mit der flachen Hand gegen den Türrahmen schlug. Hinter mir stand Janos verriegelte Hütte. Hinter mir stand Hardy. Hinter mir stand Onkel Marek.

Ich versuchte, in Großmutter Lucias Gesicht zu erkennen, ob sie etwas von meiner Nacht ahnte. Großmutter Lucia war in solchen Sachen nicht zu trauen. Auch wenn sie nicht dabei gewesen war und ihr niemand etwas erzählt hatte, schienen sich die Dinge ganz von allein hinter ihrer Stirn zu formen. Sie wusste von meinem ersten Blitzer, obwohl ich den Brief extra abgefangen hatte. Sie wusste, woher Jano sein Gras bekam. Sie wusste, mit welchem Verehrer meine Mutter in dieser oder in jener Nacht mitgegangen war und wann im Dorf eine Ehe zerbrach oder jemand arbeitslos wurde. Mir kam es so vor, als ob sie die Dinge schon überblickte, bevor sie eigentlich passierten.

Ich betrachtete meine Großmutter aus dem Augenwinkel. Sie war immer noch dabei, das Abtropfbecken zu reinigen. In ihrem großen, tellerförmigen Gesicht bewegte sich kaum ein Muskel. Sie sah aus, als sei sie ganz in ihre Arbeit versunken. Und genau das beunruhigte mich. Großmutter Lucia beobachtete ihre Umgebung ständig, insbesondere wenn sie so tat, als würde sie sich auf etwas anderes konzentrieren. »Das mit dir und Jano wird mir zu eng«, hatte sie mir einmal beim Holzhacken gesagt. Das war etwa zwei Jahre nach Onkel Mareks Tod gewesen. Ich hatte die Holzscheite ordentlich in den Korb getan und zum Küchenofen gebracht, den wir damals noch benutzten. Geantwortet hatte ich nichts. Aber ich hatte verstanden, dass es eine Warnung gewesen war.

Meine Mutter erschien in der Kneipe. Sie trug ihre dunkelblaue Wahrsagerinnenstrickjacke. Hinter dem Rücken meiner Großmutter, die natürlich Bescheid wusste, legte sie den Leuten aus der Gegend die Karten oder rückte, wenn das nichts half, Gläser auf einem Buchstabenbrett hin und her. Sie verdiente sich damit ein bisschen Geld dazu. Weil jeder wusste, dass Großmutter Lucia aus einer Zigeunerfamilie stammte, zweifelte niemand daran, dass ihre Tochter Rosana das mit dem Wahrsagen konnte.

In ihrer Strickjacke schwebte sie durch den Raum und begrüßte die Gäste. Ich schaute zum Fenster. Draußen wurde der Regen intensiver. Das war gut so. Ich wünschte mir einen richtig starken Regen, einen, der nicht wieder aufhörte und alle und alles unter sich wegspülte. Ich sah Jano und mich in ein kleines gelbes Schlauchboot steigen und über den Sportplatz davonpaddeln. Aufs offene Meer hinaus.

Meine Mutter kam hinter den Tresen und goss sich einen Kaffee ein.

»Das Becken glänzt ja wie neu«, sagte sie zu Großmutter Lucia, ohne sie anzuschauen, dann verschwand sie in Richtung Stammtisch. Das Spiel war inzwischen zu Ende. Nach und nach kamen die Leute in die Kneipe, ihre nassen Schuhe hinterließen braune Spuren auf dem Linoleumboden. Wie immer hatte Grün-Weiß verloren. Großmutter Lucia ging nach draußen, um die Tafel hereinzuholen, auf der seit Jahren das Gleiche stand: *Bockwurst, Wiener, Kartoffelsalat, Soljanka u.v.m.* Die Kreide war schon ziemlich verlaufen.

Ich wartete auf Jano. Es wurde mir zu viel zwischen all den laut plappernden Kneipengästen, meiner Großmutter, hinter deren Stirn es schon wieder arbeitete, und meiner Mutter, die gleich in der Abstellkammer irgendwelche Schicksalskarten legen würde. Die Zeiger der Wanduhr rückten auf elf, halb zwölf, viertel eins. Doch Jano kam nicht.

Punkt ein Uhr ging ich nach draußen und pochte an seine Tür. Das Schloss war nach wie vor verriegelt, die Jalousien geschlossen. Ich schlug mit der flachen Hand gegen das Fenster. Nichts.

Großmutter Lucia rief mich zurück in die Kneipe. Missmutig kehrte ich um. Inzwischen war es noch voller geworden. Die Alte-Herren-Mannschaft hatte um vierzehn Uhr ihr Spiel. Die Leute klopften vor jedem neuen Bier gegen die große Holztafel über dem Stammtisch. *Gib nicht auf Grün-Weiß* stand darauf.

Mitten im Gedränge entdeckte ich Sabine. Ihre Augen waren wieder sorgfältig umschminkt. Der schwarze Kajalstrich erschien mir sogar noch breiter gezogen als sonst. Trotzdem sah Sabine müde und kaputt aus. Sie hatte wohl in dieser Nacht genauso wenig geschlafen wie ich. Das beunruhigte mich. Insgeheim hatte ich gehofft, Sabine würde den Vorfall in ihrem Wohnzimmer einfach schnell wieder vergessen. Sie hatte uns an Hardy vorbei aus ihrer Wohnung geschleust, wahrscheinlich, weil sie wusste, was er für ein Fass aufmachen würde, wenn er von der ganzen Sache erführe. Sabine hasste Konfrontationen. Sie hatte nicht die Nerven dafür. Wenn Hardy sich einmal mit jemandem in die Haare geriet, was früher häufiger vorkam, dann saß sie jedes Mal in der Ecke und heulte, was das Zeug hielt. Dieser Zustand dauerte dann wesentlich länger an als die eigentliche Rauferei. Über die Jahre hatten Hardy und Sabine so etwas wie eine stille Übereinkunft getroffen. Wenn Sabine dabei war, riss er sich so gut es ging zusammen. Bei wichtigen Punktspielen, am Vatertag, zum Fasching und an anderen Tagen, an denen erfahrungsgemäß Ärger in der Luft lag, ging Sabine früher oder blieb gleich ganz zu Hause. Dass sie heute in die Kneipe gekommen war, verwunderte mich. Ich wusste nicht, ob es ein gutes oder schlechtes Zeichen war.

Ich beschloss, mir erst einmal nichts anmerken zu lassen, ruhig zu bleiben und einfach weiterzuarbeiten. Doch sosehr ich mich auch zusammennahm, das Tablett, auf dem ich ein paar leere Bierhumpen eingesammelt hatte, wackelte hin und her. Einmal kippte es fast, und die Gläser schlugen gegeneinander. Sabine hörte das Geräusch und drehte sich in meine Richtung. Für einen Moment trafen sich unsere Blicke. Ihre Augen waren schmal und fest. Ich versuchte, in ihnen zu erkennen, was sie mit ihrem Wissen über Jano und mich vorhatte. Ob sie vielleicht doch mit Hardy darüber gesprochen hatte? Ob sie beide nun hier waren, um mich und Jano zur Rede zu stellen? Schweiß lief mir über den Nacken. Meine Hände begannen zu zittern, mit ihnen klirrten die Gläser auf dem Tablett. Großmutter Lucia tauchte von irgendwoher auf und nahm es mir ab.

»Was ist heute nur los mit dir?«, fragte sie kühl, und ich hatte das Gefühl, dass sie schon alles wusste. Ich spürte das Blut durch meine Schläfen rauschen. Ich musste hier raus, so schnell es ging. Ohne Großmutter Lucia zu antworten, drehte ich mich um und lief in die Küche. Ich setzte mich auf einen Hocker, atmete so langsam ich konnte ein und aus und wartete darauf, dass es in der Kneipe allmählich leerer wurde. Das Spiel würde bald beginnen.

Nach einer Weile öffnete sich die Tür und Großmutter Lucia kam herein. Als sie mich auf dem Hocker sitzen sah, warf sie mir einen ihrer durchbohrenden Blicke zu. Dann ging sie, ohne ein Wort zu sagen, wieder nach draußen. Ich fühlte mich hilflos. Mein Hals zog sich zusammen. Er wurde so eng, dass ich kaum schlucken konnte. Das war also der unangenehme Teil des Entdecktwerdens, die Zeit vor dem Gewitter. Ich spürte es ganz deutlich. Über mir und Jano braute sich etwas zusammen. Es war nur noch nicht klar, wann und wie es sich genau entladen würde.

Ich schob die vergilbte Gardine ein Stück beiseite. Die Mannschaft sammelte sich schon am Feldrand, Hardy stand in der Mitte. Er sah aus wie immer, fett und selbstbewusst. Ich schaute hinüber zum Bratwurstrost, den niemand angeworfen hatte. Jano wäre mit dem Grillen dran gewesen. Aber wie es aussah, würde er heute keinen Schritt vor seine Hütte setzen. Ich fuhr mit den Fingerspitzen über das kühle Glas der Fensterscheibe. Mit einem Mal kam mir ein Gedanke, der mir Angst machte, weil er so einfach war und so klar. Ich glaubte nicht an Eingebungen, das war die Sache meiner Mutter, trotzdem sprang ich auf und rannte aus dem Haus. Draußen hatte der Regen den Boden aufgeweicht. Meine Turnschuhe versanken im Schlamm. Als ich Janos Gartenlaube erreichte, hielt ich mich nicht damit auf anzuklopfen. Ich warf mich gleich mit aller Kraft gegen die Tür. Das morsche Holz und das alte Schloss knackten müde. Die Mechanik gab nach, und ich stolperte in die Hütte hinein. Jano war nicht mehr da.

SCHÖN STILLHALTEN

Die Hütte roch nach feuchtem Gras, nach Tabak und nach dem alten roten Sofa, das Jano im Mai vom Sperrmüll geholt hatte. Ich musste nicht erst in seinen Kleiderschrank schauen oder irgendwelche Schubladen aufziehen, um zu wissen, dass er nicht viel mitgenommen hatte. Nur das Nötigste: Sein Rucksack hing nicht mehr an der Tür, im Regal fehlten der Schlafsack und das gerahmte Foto, das ihn und Onkel Marek im Garten zeigte.

Ich legte mich auf Janos Bett. Wie immer war die alte Steppdecke nicht bezogen. Jano hasste Bettzeug.

Neben dem Kissen lag noch das T-Shirt, das er gestern getragen hatte. Ich legte es unter meine Wange und schloss die Augen.

Draußen tönte der Lärm vom Sportplatz. Er hörte sich an, als käme er aus einem Fernseher, ganz verzerrt und weit weg. Mir kam der Gedanke, dass ich jetzt eigentlich etwas fühlen müsste, Angst, Wut oder wenigstens Traurigkeit, doch da war nichts. Nichts außer einer stummen Kälte, die sich langsam und unaufhaltbar durch meinen Körper fraß.

Ich wickelte mich in die Steppdecke und beschloss zu schlafen. Es gab ja solche Fälle: Leute schliefen ein und wachten erst nach zwei, drei oder fünf Jahren wieder auf. Während sich die Welt weiterdrehte, wurden sie künstlich ernährt und von Krankenschwestern oder Verwandten gewaschen und gepflegt. Ich stellte mir vor, dass mir meine Mutter wieder die Haare kämmte, das Gesicht eincremte und die Fingernägel schnitt, so wie sie es getan hatte, als ich noch klein war. »Schön stillhalten, Milla«, hatte sie dabei immer zu mir gesagt.

Ich konzentrierte mich darauf, ruhig zu atmen, drückte die Augenlider fest aufeinander und legte mich auf den Rücken, weil alle Leute in Pflegebetten immer auf dem Rücken liegen. Doch ich konnte nicht einschlafen. Dieses Nichts in mir drin ließ mir keine Ruhe. Ich spürte, wie mir Tränen über die Wangen liefen, aber ich konnte nicht fühlen, was sie auslöste. Jemand anderes weinte mit meinem Gesicht. Ich richtete mich auf. Neben dem Nachttisch stand eine Flasche Obstbrand mit einer Birne darin. Jano hatte sie vor Jahren einmal in einem Supermarkt geklaut, nun verstaubte sie in seiner Hütte. Ich schraubte die Flasche auf und trank in großen Schlucken, bis mein Mund so voll war, dass mir die Flüssigkeit über das Kinn lief. Es schmeckte abscheulich, doch das war mir egal.

Plötzlich stand Großmutter Lucia im Türrahmen.

»Das Spiel ist zu Ende«, sagte sie, und ich hasste sie dafür. Großmutter Lucia erwartete, dass ich jetzt mit ihr rüber in die Kneipe ging, Gläser spülte, Aschenbecher leerte und Bockwürste verkaufte. Sie war immer hart zu sich selbst, und das forderte sie nun auch von mir.

»Jano ist weg«, antwortete ich, obwohl ich wusste, dass es ihr schon lange klar war.

»Er wird wiederkommen«, entgegnete sie. Ihre Stimme klang dabei so fest wie immer. Als ich mich jedoch vom Bett erhob und an ihr vorbei zur Tür hinausging, sah ich, dass sich die Farbe ihrer Augen verändert hatte. Ein anderer Braunton.

Es war nur ein feiner Unterschied, ich konnte nicht einmal sagen, ob sich der Farbton ins Graue oder Grüne verschoben hatte, trotzdem war die Veränderung unübersehbar.

Großmutter Lucia liebte Jano über alles. Ich hatte sie oft dabei beobachtet, wenn sie ihm Arbeiten auftrug oder ihn für etwas maßregelte. Sie formulierte ihre Sätze genauso barsch und fordernd wie bei allen anderen, aber wenn er dann loszog, um die Mülltonnen nach draußen zu räumen oder schnell noch Grillkohle einzukaufen, die er vergessen hatte, dann lag in ihrem Blick etwas Weiches, das niemand sah, der Großmutter Lucia nicht so gut kannte wie ich.

Die Alten Herren hatten null-null gespielt, das beste Ergebnis seit Wochen. Meine Mutter stand hinter dem Tresen und verteilte große Biere, Obstler und Braune an die Leute. Ich versuchte, einfach immer nur auf den Boden zu blicken, ich wollte niemanden sehen. Während ich Gläser und Geschirr einsammelte und in die Küche brachte, wuchs in die Leere meines Körpers ein dumpfer pochender Zorn hinein. Ich war wütend auf Großmutter Lucia, auf die grölenden Leute um mich herum, auf die braune Theke, die Stammtischbank, die Fenstertische, die Aschenbecher, die Salz-und-Pfeffer-Streuer, die Ketchupflaschen, auf Jano, auf mich selbst.

Ein paar Spielerfrauen unterhielten sich über den Vorfall am Bahndamm. Schnell ging ich an ihnen vorbei zur anderen Seite des Raumes. Über den Mann mit der Lederjacke wollte ich nichts mehr hören.

Ich spürte, dass meine Mutter mich vom Zapfhahn aus beobachtete. Gleichzeitig fiel mir auf, wie sich einige Leute in der Kneipe nach mir umdrehten, die Köpfe zusammensteckten und zu tuscheln begannen. Hardy und Sabine saßen unter der Gib-nicht-auf-Tafel am Stammtisch. Sie aßen wie immer Bockwurst, ihre Finger und Münder glänzten vom Fett. Das Spiel war gelaufen, dennoch blieben ihre Gesichter angespannt. Je länger ich sie beobachtete, desto ernster und konzentrierter erschienen sie mir. Sie sahen aus, als ob sie auf etwas warteten. Wollten sie, dass ich zu ihnen kam und mich entschuldigte? Oder bildete ich mir das Ganze nur ein? Vielleicht täuschte ich mich und Hardy wusste noch gar nichts. Mit einer seltsam ruckartigen Bewegung drehte Sabine ihren Kopf in meine Richtung. »Zwei Bier!«, sagte sie, und es klang wie ein Befehl. Sabine befahl sonst nie. Sie arbeitete selbst in einem Drogeriemarkt an der Kasse und hasste es, wenn Kunden glaubten, sie herumkommandieren zu dürfen. Der harte Ton passte nicht zu ihr. Er signalisierte, dass es jetzt gleich losgehen würde. Hier, vor allen.

Als ich den beiden ihre Gläser reichte, zitterten meine Hände so stark, dass das Bier überschwappte und mir über den Ärmel lief. Sonst hätte Hardy mich für eine solche Aktion ausgelacht, heute blieb er still. Ohne mich aus den Augen zu lassen, griff er in seine Hosentasche und legte einen Schlüssel auf den Tisch. Es war der, der sonst immer unter der Stufe lag.

»Na, kommt er dir bekannt vor?«

Ein paar Leute fingen hinter mir an zu flüstern, doch ich verstand nicht, was sie sagten.

»Kommt er dir bekannt vor?!!«, fragte Hardy ein zweites Mal, jetzt noch eindringlicher. Ich fühlte, wie sich hinter meiner Stirn eine Hitze ausbreitete, die mich keinen klaren Gedanken fassen ließ. Meine Beine knickten mir weg. Ich musste mich an der Tischplatte festhalten, damit ich nicht umfiel. Hardys Gesicht verfinsterte sich. Ich sah, wie sich die Muskeln um Wangen und Mund herum anspannten. Alles schien enger zusammenzurücken, fester zu werden. Selbst seine Augen lagen mit einem Mal dichter beieinander.

»Sonst bist du doch auch nicht so schüchtern, Milla«, rief er und umfasste mein linkes Handgelenk. Der Druck seiner kräftigen, rauhen Handwerkerfinger schmerzte auf meiner Haut. Erschrocken versuchte ich, mich loszureißen, aber sein Griff war zu fest. Ich schaute mich am Tisch um, alle starrten mich an. Auch Sabine.

»Sag was!« Hardys Flüstern klang wie ein Zischen. Ich schwieg, und Hardy erhöhte den Druck auf meinem Arm. Ich blickte kurz auf das Bier, das noch unangerührt vor ihm stand. Dann holte ich mit der freien Hand aus. Das Glas schlug gegen Hardys Bauch, die Flüssigkeit schwappte ihm über Hemd und Hose. Hardy ließ fluchend mein Handgelenk los.

Plötzlich packte mich jemand an der Schulter.

»Du holst jetzt ein neues Fass aus der Küche!«, bestimmte Großmutter Lucia, schob mich aus dem Gastraum heraus und schloss die Tür hinter mir zu. Draußen wurden die Stimmen lauter. Ich hörte, wie Hardy etwas zu Großmutter Lucia sagte und wie Großmutter Lucia forderte, er solle ihre Kneipe verlassen. Andere Leute mischten sich ein. Ich vernahm Janos Namen und meinen. Ein Glas schlug scheppernd zu Boden, dann noch eins und schließlich ein ganzes Tablett. Ich wusste, dass ich jetzt eigentlich rausgehen und Großmutter Lucia und meine Mutter unterstützen müsste. Doch ich hatte keine Kraft mehr. Ich blieb auf dem Küchenschemel sitzen, auf den ich mich hatte sinken lassen, und rührte mich nicht. Die Hände auf die Ohren gepresst, wartete ich, bis es leise wurde.

KALLE SUNDT

Ich hatte dreieinhalb Stunden einfach nur in der Küche gesessen und gewartet. Erst dann hatte ich mich zurück in den Gastraum getraut. Es war ganz still im Haus. Großmutter Lucia hatte sich in ihr Schlafzimmer zurückgezogen. Meine Mutter war unten in der Kneipe geblieben. Sie schaute auf den Fernseher, der ohne Ton lief. Ich nahm mir den Besen und kehrte durch den Gastraum, stellte die Stühle wieder richtig hin und schaltete die Wandlampen ein. Meine Großmutter ließ sich die ganze Zeit über nicht blicken. Wahrscheinlich war es besser so.

Gegen halb neun kam unser erster Abendgast. Er trug ein graues Basecap und eine Art Regenkutte. Als ich in seine Richtung sah, blickte er zu Boden. Der Mann setzte sich an einen der Ecktische. Sicher war er wegen der Bahnstrecke da. Meine Mutter ging zu ihm und nahm seine Bestellung auf. Ich drehte das Radio lauter. Das Letzte, was ich an diesem Abend brauchen konnte, war einer, der noch mehr Trübsal in diese Kneipe schleppte.

Meine Mutter kam zum Tresen und zapfte ein Bier. Ich beobachtete sie aus dem Augenwinkel. Ihr Gesicht beunruhigte mich. Ich wusste nicht, ob es an ihrem Mund lag, an ihrer Haut oder an ihren Augen, aber sie sah alt aus heute. Langsam fuhr ich mit dem Daumen über die Rillen am Tresen.

Ich hatte mich schon lange darauf gefreut, dass das Alter meine Mutter irgendwann zu einer normalen Frau machen würde. Einer, neben der man die Straße entlanggehen konnte, ohne dass ihr ständig jemand hinterherpfiff. An diesem Abend jedoch fand ich, dass es zu früh dafür war.

Meine Mutter servierte das Bier und setzte sich neben den Mann mit dem Basecap. Für sich selbst hatte sie eine Rum-Cola gemixt. Ich griff nach der Fernsehzeitung und hockte mich auf einen der Barstühle. Es war immer schon so gewesen, dass ich zuschauen musste, wenn meine Mutter sich an einen Mann heranarbeitete. Während sie den Kopf leicht gesenkt hielt und ein schwaches, aber doch ein Weltraumlächeln lächelte, überlegte ich, wo ich diesen Typen schon einmal gesehen hatte, doch ich kam nicht drauf. Er saß mit dem Rücken zu mir, so dass ich sein Gesicht nicht erkennen konnte.

Meine Mutter nippte an ihrer Rum-Cola und fingerte eine Zigarette aus der Schachtel. Der Typ mit dem Basecap beugte sich leicht nach vorn, um ihr Feuer zu geben.

In dem Moment, in dem mir einfiel, woher ich ihn kannte, flog der Stein. Verdammt noch mal, das ist doch der Mann vom Bahndamm, der Elektromonteur!, hatte ich gedacht, als hinter meiner Mutter die Scheibe zersprang. Niemand hatte geschrien, weder meine Mutter noch der Elektromonteur. Es war nichts weiter als das kratzige, tiefe Bersten des Glases zu hören gewesen und danach ein paar aufgeregte Schritte. Jemand rannte draußen über den Hof.

Meine Mutter war von ihrem Stuhl gerutscht und lag neben dem Tisch auf dem Boden. Sie blutete an der Stirn und irgendwo zwischen Hals und Wange. Ich fragte mich einen Moment lang, ob sie tot war, doch dann bewegte sich ihr Knie. Der Elektromonteur saß noch immer auf seinem Platz. Vorsichtig nahm er seinen Arm von der Tischplatte. Eine Scherbe fiel dabei aus seiner Ellenbeuge. Sein rundes Gesicht war weiß geworden. Langsam ging er zu meiner Mutter, bückte sich, las ein paar Splitter von ihrem Hals.

»Hallo!«, rief er, »Hallo!«

Meine Mutter öffnete die Augen. Er inspizierte die Wunden in ihrem Gesicht, wischte vorsichtig mit einem Taschentuch das Blut von ihrer Schläfe. Seine Finger zitterten dabei ein wenig, und ein paar Schweißperlen standen ihm auf der Stirn. Ansonsten wirkte er überraschend ruhig und konzentriert. In mir dagegen begann etwas zu toben. Ich sprang von meinem Barhocker und lief nach draußen. Ich wollte wissen, wer einen Stein auf meine Mutter geworfen hatte. Wer um alles in der Welt einen Stein auf eine Frau schmeißen konnte, die im Weltall schwebt. Ich begann zu rennen – über unseren Hof, zum Parkplatz und raus auf die Straße. Nichts. Ich drehte um und lief in Richtung Gartenanlage. Während ich rannte, presste ich meine Kiefer fest aufeinander, ich zitterte, ich schwitzte und ich war wütend. Es war feige, sich anzuschleichen und einen Stein durch ein Fenster zu werfen. Es war beschissen feige. Und es war nicht fair. Wahrscheinlich hatten diese Arschlöcher nicht einmal genau erkennen können, wer da hinter der Scheibe saß, auf die sie zielten. Durch die dicken Gardinen hindurch hatten sie vielleicht gerade mal die Umrisse zweier Personen gesehen, einen Mann und eine Frau. Es hätten Jano und ich sein können. Oder jemand aus dem Nachbardorf. Aber es war meine Mutter gewesen. Meine Mutter, die jeden verdammten Tag hinter dem Tresen stand, um irgendwelche armen Idioten vor sich selbst zu retten. Es war verdammt noch mal nicht fair! Ich trat mit dem Fuß gegen die Metalltür des Sportplatzhäuschens, in dem Günther seinen Rasenmäher aufbewahrte. Sie gab einen blechernen Laut von sich, der über das Spielfeld hallte. Weit und breit war niemand zu sehen. Ich lief wieder zurück zum Haus, in den Garten, bis vor die Laube mit den heruntergelassenen Jalousien. »Jano, wo bist du, verdammt noch mal?«, schrie ich Janos Hütte an. Ich trommelte mit den Fäusten gegen die spröden Holzwände. Farbe rieselte mir entgegen. Etwas schnitt in meine Handkante. Es war mir egal. Ich schlug einfach weiter auf das alte Holz ein. Ich hatte genügend Zorn in mir und den Überblick verloren. Da stand auf einmal der Elektromonteur neben mir und hielt mich am Arm fest. Ich hatte ganz vergessen, dass es ihn gab.

»Habt ihr Verbandszeug?«

Ich zuckte mit den Schultern. Wahrscheinlich gab es welches, aber ich hatte keine Ahnung wo. Der Elektromonteur schüttelte den Kopf und ging zu seinem alten Bulli, den ich tags zuvor schon am Bahndamm gesehen hatte. Er kam mit einem grauen Plastikkasten wieder zurück, umfasste mein Handgelenk und zog mich in die Gaststube.

Ich hörte meine Mutter leise stöhnen.

»Nicht bewegen«, flüsterte der Elektromonteur. Sein Hemd war durchgeschwitzt, sein Haar klebte ihm am Kopf. Meine Mutter atmete flach. »Der Stein hat Sie nicht getroffen, nur die Glassplitter«, flüsterte er weiter. »Alles wird gut.«

Ich holte einen Besen, um die Scherben zusammenzufegen, die überall um meine Mutter verstreut lagen. Dann kehrte ich sternförmig um sie herum. Sie sah schön aus, wie sie da am Boden lag. Als hätte sie jemand für ein Foto dahin gelegt. Sie sah in diesem Moment wieder ganz jung aus. Ihre

Haut schimmerte weiß, ihr Blut hellrot. Bis auf ein paar kleine Schnitte in den Finger hatte ich meine Mutter noch nie verletzt gesehen.

»Es sind wahrscheinlich keine tiefen Wunden«, sagte der Elektromonteur in meine Richtung und tupfte mit einem Mulltuch auf ihrem Gesicht herum. »Trotzdem sollten wir einen Arzt rufen.« Meine Mutter schien uns zuzuhören, doch sie sagte nichts.

»Sie hat wahrscheinlich einen Schock«, murmelte der Mann weiter. Sein Gesicht hatte wieder ein bisschen Farbe angenommen.

Ich lief hinauf zur Wohnung, um zu telefonieren. Wir hatten auch ein Telefon unten in der Kneipe, aber das rauschte so sehr, dass man kaum etwas verstand. Da ohnehin niemand bei uns anrief, um Tische zu reservieren, hatten wir es nie reparieren lassen. Manchmal nutzte es Großmutter Lucia, um oben im Wohnzimmer anzurufen, damit Jano oder ich nach unten kamen und ihr zur Hand gingen. Ihre tiefe Stimme konnte das Rauschen ganz gut durchbrechen.

Oben angekommen, setzte ich mich auf die Couch, griff zum Telefon und wählte den Notruf. Ich hatte das bisher nur einmal gemacht, als Günther beim Fußball auf einer Nacktschnecke ausgerutscht war und sich den Oberschenkelhals gebrochen hatte. Damals hatte ich am Telefon lachen müssen, weil es so eine alberne Geschichte war. Jetzt war die Sache anders. Jetzt lag da unten meine Mutter, schöner, blasser und weltentrückter denn je, und wenn sie auch nur noch einen Millimeter weiter von uns wegrückte, dann würden wir sie nie wiederbekommen. Da war ich mir sicher.

Nachdem ich den Hörer aufgelegt hatte, klopfte ich an

die Zimmertür meiner Großmutter. Es war merkwürdig, dass sie von dem Lärm nicht wach geworden war. Sonst kam sie schon jedes Mal herunter, wenn einer nur einen Tisch verschob.

Ich legte mein Ohr an die Tür, doch drinnen regte sich nichts. Ich klopfte ein zweites Mal, dann trat ich ein. Meine Großmutter lag wach in ihrem Bett.

»Mutter ist verletzt«, sagte ich.

Großmutter Lucia antwortete nichts. Sie hatte die Decke bis zum Kinn gezogen. Neben ihr auf dem Nachttisch lag ein Brief.

»Sie haben einen Stein durch das Fenster geschmissen«, fuhr ich fort.

Großmutter Lucia schaute mich an. Ich wartete darauf, dass sie etwas sagte, dass sie etwas anordnete, dass sie das Ruder übernahm, so wie sie es immer tat, aber es kam keine Reaktion. Ich machte ein paar Schritte auf den Nachttisch zu und erkannte Janos Handschrift auf dem geöffneten Umschlag.

»Was steht in dem Brief?«, fragte ich.

»Geh jetzt!«, sagte Großmutter Lucia barsch, fast feindlich. Sie hatte ihre Stimme wiedergefunden. Mit ihren großen, schweren Fingern griff sie nach dem Kuvert und zog es an ihre Brust. »Hilf deiner Mutter!«, herrschte sie mich an, dann schloss sie die Augen.

Als ich die Treppe zur Kneipe hinabstieg, schwankte der Boden unter meinen Füßen. Ich hielt mich am Geländer fest und lief weiter. Der Notarzt würde gleich kommen, und ich war die Einzige, die übrig geblieben war im Chaos.

»Sind sie bald da?«, fragte der Elektromonteur. Er hatte die Beine meiner Mutter nach oben auf einen Stuhl gelegt. Ihr

Kleid war dabei verrutscht, so dass man ihren Slip sehen konnte. Er war dunkelblau mit weißem Rand.

Ich nickte.

Als der Krankenwagen kam, hatte meine Mutter die Beine von selbst wieder nach unten genommen. Sie hatte noch immer kein Wort gesagt, doch ihr Blick war wacher und aufmerksamer geworden. Der Arzt erklärte uns, dass sie einen Schock habe und sich ausruhen müsse. Die Wunden seien nicht tief. Der Elektromonteur hatte also recht behalten.

Wir brachten meine Mutter hinauf in ihr Schlafzimmer und schauten zu, wie das Krankenauto über den Hof auf die Straße fuhr.

»Ich bin übrigens Kalle Sundt«, sagte Kalle Sundt.

»Du lebst also noch«, antwortete ich.

SPACE NIGHT

»Tequila?«

Kalle Sundt nickte. Ich trank immer Tequila, wenn ich fand, dass eine Situation zu kompliziert wurde.

Wir leckten das Salz von unseren Handrücken, kippten die Gläser und bissen auf die zwei kleinen Zitronenscheiben, die ich schnell noch zurechtgeschnitten hatte.

»Ekelhaft«, sagte Kalle.

»Ich bin übrigens Milla«, sagte ich.

»Hab ich noch nie gehört, den Namen.«

»Meine Großmutter kommt aus der Slowakei, vielleicht hat meine Mutter ihn da irgendwo her. Noch einen Tequila?«

Kalle schüttelte erst den Kopf, nickte dann, um kurz darauf wieder zu verneinen. Ein seltsamer Typ. Gestern noch hatte er mit der Welt abschließen wollen und heute war er der tapfere Unfallhelfer. Ich wurde nicht schlau aus ihm. Aber vielleicht musste ich auch nicht schlau aus ihm werden. Er hatte sich um meine Mutter gekümmert, alles andere war nicht wichtig.

Auf dem Hof leuchteten die Scheinwerfer eines Autos auf. Die Polizei kam.

Kalle stand auf.

»Halt mich da bitte raus«, flüsterte er.

Ich nickte. »Gut, dann warte in der Küche. Ich sag dir Bescheid, wenn sie wieder weg sind.«

Kalle drehte sich um und verschwand.

Die Beamten schauten sich das Fenster und die Stelle an, an der meine Mutter gelegen hatte. Einer der beiden, der Ältere, kam mir bekannt vor. Bestimmt war er schon mal zu einem Spiel hier gewesen. Er hatte ein breites, sonnengebräuntes Schrebergartengesicht. Den Jüngeren hatte ich noch nie gesehen. Er war nicht besonders groß, dafür ziemlich kräftig und hatte seltsam verformte Ohren. Wahrscheinlich war er Ringer. Ich erklärte den beiden, was vorgefallen war. Kalle ließ ich aus der Beschreibung heraus.

»Sie hätten die Scherben liegen lassen sollen, wegen der Beweisaufnahme«, bemerkte der Ringer trocken.

»Dann hätte sich meine Mutter beim Aufstehen daran verletzt«, entgegnete ich.

»Ist Ihre Mutter vernehmungsfähig?«, fragte der Beamte.

Ich zuckte mit den Schultern und führte sie nach oben in ihr Schlafzimmer. Meine Mutter hörte sich die Fragen der Polizisten an, doch sie antwortete ihnen nicht.

Der Junge und der Alte schauten sie ratlos an.

»Es tut mir leid«, entschuldigte ich sie.

Wir gingen wieder nach unten, und ich musste dem jüngeren Beamten noch weitere Fragen über mögliche Täter und besondere Vorkommnisse in den letzten Tagen beantworten. Von der Sache in Hardys Haus erzählte ich nichts. Auch dass ich am Bahndamm gewesen war, verschwieg ich. Ich beschrieb den Beamten einfach eines der langweiligen immergleichen Wochenenden, wie ich sie tausendfach schon erlebt hatte. Dabei schaute ich aus dem Augenwinkel zu den beiden leeren Tequilagläsern auf dem Tresen, aus denen Kalle und ich getrunken hatten. Die Polizisten schienen sich jedoch nicht dafür zu interessieren.

Als die Beamten die Kneipe wieder verließen, war es kurz nach zwei. Ihr Besuch hatte mich angestrengt. Müde stand ich in der Tür und schaute ihnen nach. Während der ältere schon in den Wagen stieg, blieb der jüngere kurz stehen, blickte sich um und kam noch einmal auf mich zu.

»Dieser weiße Transporter da drüben, ist das Ihrer?« Ich dachte an Kalle, der in unserer Küche saß. Ich musste Ruhe bewahren.

»Nein, der wird einem unserer Gäste gehören. Manchmal lassen sie ihre Autos einfach bei uns stehen.«

»Haben Sie eine Ahnung, wem er gehören könnte?«

»Tut mir leid«, ich schüttelte den Kopf.

Der Ringer notierte sich das Kennzeichen, dann fuhren sie ab.

Ich ging zurück in die Kneipe, machte mir einen doppelten Wodka, exte das Glas und schaute nach Kalle. Er saß auf dem Küchenhocker, auf dem ich an diesem Nachmittag auch gesessen hatte.

»Ich hatte schon befürchtet, die wollen hier übernachten«, sagte er und folgte mir in den Gastraum. Vorsorglich zog ich alle Vorhänge zu, verschloss die Eingangstür und ließ den Schlüssel stecken.

»Und jetzt?«, fragte Kalle, nachdem er sich einen Tequila eingegossen, das Glas angewidert ausgetrunken und dann lange und ausgiebig auf seiner Zitronenscheibe herumgekaut hatte. Ich schaute auf den Vorhang, hinter dem das zersprungene Fenster war, dann hinüber zum Stammtisch. *Gib nicht auf Grün-Weiß* las ich auf der großen Tafel über der Sitzbank. Ich zuckte mit den Schultern.

Kalle goss noch zwei Tequila ein. Wir kippten die Gläser, dann schwiegen wir eine Weile.

»Gestern Abend hätte ich nie geglaubt, dass ich heute noch einmal hier sitzen würde«, sagte er in die Stille hinein.

»Einfach nicht darüber nachdenken«, flüsterte ich halb zu ihm, halb zu mir selbst. Es war zu viel passiert in den letzten vierundzwanzig Stunden. Das Bremsen des Zuges am Bahndamm, Janos Verschwinden, der fliegende Stein, der Brief auf Großmutter Lucias Nachttisch. Ich hatte keine Kraft mehr, mich damit auseinanderzusetzen.

»Okay«, sagte Kalle.

»Okay«, sagte ich so leise, dass er es wohl kaum noch verstehen konnte, und dann exten wir noch zwei weitere Gläser.

Eine beruhigende, dumpfe Schwere zog allmählich in meinen Körper ein. Ich verschränkte meine Arme auf der Bar und legte meinen Kopf darauf. Kalle griff nach der Fernbedienung, die meine Mutter hinter dem Tresen hatte liegen lassen. Er schaltete ein Programm ein, das Bilder aus dem Weltraum zeigte, ein bisschen Musik war daruntergelegt, sonst nichts. Wir schauten so lange fern, bis wir uns vor Müdigkeit nicht mehr auf den Stühlen halten konnten. Ich fragte Kalle nicht, ob er irgendwohin nach Hause musste, und er machte auch keine Anstalten zu gehen. Es war gut, dass er da war. Es war gut, dass ich ein paar Dinge, die heute passiert waren, mit ihm teilen konnte. Und es war auch gut, dass er ansonsten nicht viel über mich wusste.

Als es draußen schon wieder zu dämmern begann, schaltete Kalle den Fernseher aus, legte sich auf eine der Stammtischbänke und deckte sich mit seiner Regenkutte zu. Ich legte mich auf den anderen Teil der Eckbank. Unsere Gesichter waren so nah beieinander, dass ich im Halbdunkel die Poren seiner Haut erkennen konnte. Er hat auf jeden Fall größere Poren als Jano, dachte ich und schlief darüber ein.

MONTAG, RUHETAG

Als ich am nächsten Morgen aufwachte, war Kalle Sundt gerade dabei, Pappe über das kaputte Fenster zu kleben. Meine Knochen schmerzten von der Nacht auf der harten Eckbank. Ich setzte mich auf, zog meine Schuhe an und lief nach oben. Die Tür zum Schlafzimmer meiner Mutter war nur angelehnt. Ich hörte ein leises, unaufgeregtes Schnarchen. Vorsichtig öffnete ich die Tür ein Stück. Meine Mutter lag auf dem Rücken, ihr Kopf neigte sich ein wenig zur Seite, ein Ohr lag frei, das andere war versteckt. Etwas Sanftes, Friedliches ging von ihr aus. Sie war zwar immer noch blasser als sonst, aber nicht mehr so blass wie am Abend zuvor. Wenn sie aufwachte, würde sie ihren Schock sicher schon fast überstanden haben. Ich fuhr mir mit der Hand über meinen schmerzenden Nacken und atmete auf.

Die Tür zum Raum von Großmutter Lucia war geschlossen. Vorsichtig legte ich mein Ohr an das Holz und horchte. Alles war still. Ich überlegte, ob ich hineingehen sollte, aber die Erinnerung an diese seltsam fremde Lucia von gestern Nacht bereitete mir Unbehagen. Gleichzeitig wollte ich jedoch wissen, was in dem Brief stand, den Jano ihr geschrieben hatte. Es ärgerte mich, dass er ihr vor seinem Weggehen eine Nachricht hinterlassen hatte und mir nicht. Doch vor allem tat es weh. Zum ersten Mal im Leben war ich eifersüchtig auf meine Großmutter. Langsam strich ich mit der Hand über die braun lackierte Klinke, dann drückte ich sie nach unten. Meine Großmutter lag in ihrem Bett.

»Ich will den Brief lesen«, sagte ich entschlossen.

Sie schaute mir nicht in die Augen.

»Lass mich allein!«, flüsterte sie. Es war ein hartes, scharfes Flüstern, das mir Respekt eingeflößt hätte, wenn in mir nicht plötzlich so viel Wut gewesen wäre. Ich rannte durch ihr Zimmer zum Nachttisch, riss die Schubladen auf. Nichts. Ich lief weiter zu ihrer Kommode, zum Kleiderschrank. Das Kuvert war nirgends zu entdecken.

»Wo ist dieser verdammte Brief?«, schrie ich meine Großmutter an.

Sie schwieg.

Als ich wieder nach unten kam, hatte Kalle das Fenster fertig abgeklebt und Kaffee gemacht. Ich setzte mich zu ihm an den Tresen. Tränen liefen mir übers Gesicht. Kalle legte mir die Hand auf die Schulter.

»Es wird alles wieder gut«, sagte er, so wie er es gestern zu meiner Mutter gesagt hatte. Ich schob seine Hand weg und stieß dabei meine Kaffeetasse vom Tresen.

Kalle sammelte die Scherben ein und wischte mit einem Küchentuch die braune Flüssigkeit vom Linoleum. Dann nahm er zwei Flaschen Cola, ein paar Schokoriegel und eine Rolle Chipsletten aus dem Regal und packte sie in meinen Rucksack, der irgendwo hinterm Tresen gestanden hatte.

»Was hältst du davon, wenn wir einen kleinen Ausflug machen?«, sagte er ruhig. »Ich glaube, du musst mal raus hier. Und Montag ist doch sowieso Ruhetag, oder?«

Ich nickte.

ZWISCHEN SANDHÜGELN

»Ist nicht mehr der Allerneuste«, sagte Kalle, als er mir eine Viertelstunde später die Beifahrertür des Bullis öffnete. Er schmiss zwei leere Plastikflaschen nach hinten, die auf dem Sitz gelegen hatten, und strich mit der flachen Hand ein paar Krümel vom Polster. Im Laderaum des Bullis lagen Kartons unterschiedlicher Größe. Einige waren aufgerissen, manche noch verschlossen. An den Wänden lehnten große Pappen, die durch zwei abmontierte Rücksitze gehalten wurden. Es sah ziemlich chaotisch aus. Die Luft war abgestanden, es roch nach feuchter Pappe und nach Sägespänen.

Kalle musste den Motor ein paarmal zünden, bevor er ansprang. Ich stellte meinen Sitz nach hinten und schnallte mich an.

»Hast du einen Wunsch, wo es hingehen soll?«, fragte Kalle, als wir vom Parkplatz herunterfuhren.

»Einfach irgendwohin«, sagte ich und zog mir Janos blauen Kapuzenpullover über, der in der Küche über einem Stuhl gehangen hatte. Er roch noch nach ihm.

Wir fuhren eine ganze Weile, ohne ein Wort zu sagen. Ich betrachtete Kalle von der Seite. Es war seltsam, wie sehr er sich seit dem ersten Abend verändert hatte. Ich erkannte zwar immer noch die runde Stirn und die geraden, buschigen Augenbrauen des Mannes vom Bahndamm, doch alles andere schien ausgetauscht worden zu sein. In der Nacht an den Gleisen hatte ich einem Menschen gegenübergestanden, dem man die verkorkste Kindheit schon auf zehn Meter Entfernung ansah. Ein Kerl, der Dreck an den Hacken hatte. Ich kannte solche Männer, in der Kneipe gab es ja genug davon. Sie taten mir leid, aber sie gingen mir auch auf die Nerven.

Es war nicht selten, dass Leute, die am Ende doch nicht vor den Zug gesprungen waren, noch einmal zurück in die Kneipe kamen. Einige von ihnen waren sogar Stammgäste geworden, wie Dietmar, Ingo oder Dete. Doch das Wesentliche war: Ihre Gesichter veränderten sich nicht mehr. Sie sahen aus wie Legomännchen, denen man eine Loserfresse aufgedruckt hatte. Sie trugen sie wie einen Stempel im Gesicht. Bei Kalle war das anders. An dem Abend am Bahndamm hatte ich ihn noch auf Ende dreißig geschätzt. Ein ziemlich zerstörter Typ, der auf die vierzig zuging und eigentlich schon alles hinter sich gelassen hatte. Hier neben mir im Wagen sah er völlig anders aus. Sein Gesicht und seine Bewegungen waren die eines Mitte Zwanzigjährigen. Wenn er blinzelte oder den Mund bewegte, dann hatte das etwas Unbekümmertes. Schon die Art, wie er nur durch die Frontscheibe nach draußen auf die Straße schaute, hatte etwas seltsam Leichtes. Auf jeden Fall etwas, das den anderen Männern in der Kneipe für immer abhandengekommen war.

Kalle schaltete das Radio ein. Sie spielten gerade etwas von den Carpenters. Er summte den Refrain mit. Ich beobachtete, wie die Sonne helle Streifen auf Kalles Unterarme malte. Seine Finger tippten im Takt der Musik auf das Lenkrad.

»Was hältst du davon, ein Picknick zu machen?«, fragte

er, als der Song zu Ende war. Ich hatte gefühlte hundert Jahre kein Picknick mehr gemacht. Ich zeigte auf meinen Rucksack, der hinter unseren Sitzen stand.

»Also, Chipsletten und Schokoriegel hätten wir ja, und wenn das reicht, können wir gleich an der nächsten Wiese anhalten.«

»Keine Wiese«, sagte Kalle.

»Was denn sonst?«

»Abwarten.«

Er bog von der Landstraße in einen Feldweg ein. Nach ein paar Minuten erreichten wir eine Schranke. *Betreten verboten. Betriebsgelände* stand auf einem verbeulten Schild. Kalle kletterte aus dem Bulli und stemmte die Schranke nach oben. Es brauchte eine Weile, bis er sie so ausbalanciert hatte, dass sie senkrecht stehen blieb.

Hinter der Schranke verjüngte sich der Weg zu zwei Spurrinnen. Das Gelände wurde uneben und schlammig. Wir kamen an einem Bauwagen vorbei, neben dem irgendwer drei prallgefüllte blaue Müllsäcke abgestellt hatte. Ein paar Meter hinter dem Bauwagen teilte sich der Pfad. Kalle bog nach rechts, und wir fuhren an einer Schonung junger Birken entlang. Die Bäume waren alle in Reihe gepflanzt worden, und der Boden war noch wenig bewuchert, so dass man durch den Wald hindurchschauen konnte. Am anderen Ende der Schonung leuchtete ein Stück Horizonthimmel graublau und verschwommen zwischen den Stämmen und Wipfeln hindurch.

Nach den Birken folgten im gleichen Abstand erst Erlen, dann Kiefern. Ich begann, die Baumreihen zu zählen, doch ich kam durcheinander, noch bevor wir das Ende des Wäldchens erreichten.

Hinter der Schonung lag ein See. Er war ziemlich groß und nur bis auf halbe Höhe mit Wasser gefüllt. Der breite Uferbereich war von unzähligen Hügeln, Klüften und Vorsprüngen durchzogen, auf denen hier und da kleine Birken und Kiefern wuchsen. Drüben, auf der anderen Seite des Sees, konnte man die Schornsteine eines Kraftwerks erkennen. Kalle zeigte schräg nach rechts: »Da siehst du noch ein bisschen Mondlandschaft.«

Ein paar hundert Meter von uns entfernt, befand sich eine baumlose, kahle Sandebene, die mit Spuren von Traktorreifen durchzogen war. Sie lag etwas tiefer als das Uferstück, auf dem wir standen.

»In sechs Jahren ist der See bis obenhin voll«, sagte Kalle, »sie lassen Wasser reinlaufen, Tag und Nacht. Das Rohr ist da drüben.«

Ich versuchte, Kalles Blick zu folgen, konnte aber kein Rohr entdecken. Nur feinen, dunkelroten Staub über dem Wasser.

Kalle holte eine Decke aus dem Laderaum des Bullis, und wir setzten uns auf ein Sandplateau zwischen zwei Kiefernbäumchen. Während ich mit den Händen nach den Schokoriegeln in meinem Rucksack tastete, betrachtete ich die seltsame Buchtenlandschaft vor uns. Je nach Sonneneinfall leuchteten die mal buckligen, mal zerfurchten Hügel grauschwarz, ockerfarben, grünbraun oder rot. Die Erhebungen, die etwas weiter vom Ufer entfernt lagen, ragten nur noch mit der Spitze aus dem Wasser. Manchmal sah man gar keine Spitze mehr, sondern nur ein, zwei Birkenbäumchen im See. Wahrscheinlich würden auch sie irgendwann unter der Wasseroberfläche verschwunden sein.

»Es sieht hier ein bisschen aus wie in Norwegen, jedenfalls so, wie ich mir Norwegen vorstelle«, sagte Kalle.

»In ein paar Jahren, wenn der See vollgelaufen ist, wird er wieder ganz anders aussehen. Vielleicht wird er dich dann an Dänemark erinnern«, überlegte ich und reichte Kalle einen Schokoriegel aus meinem Rucksack.

Während wir beobachteten, wie sich die Fjorde im Seewasser spiegelten, kaute Kalle andächtig auf seinem Riegel herum.

»Unglaublich süß, so ein Ding, wenn man sich mal richtig darauf konzentriert«, sagte er, ohne den Blick vom See zu wenden.

»Wenn man Dinge ganz langsam isst, dann schmecken sie am Ende immer eklig«, meinte ich und biss in meinen Riegel.

Kalle drehte den Kopf zu mir.

»Und das sagt mir eine Frau aus der Gastronomie?«

»Das sagt dir eine Frau aus der Sportplatzgastronomie«, entgegnete ich.

Wir schauten auf den See. Ein leichter Wind war aufgekommen, und die Wellen begannen sich zu kräuseln. Kalle fuhr sich mit der flachen Hand über den Haaransatz im Nacken.

»Ich bin mir nicht mehr ganz sicher, aber ich glaube, ungefähr da bin ich her.«

Er zeigte auf die rechte Seite des Sees.

»Man kann sich immer so schlecht orientieren. Ist ja alles weg.«

Ich verstand nicht so recht, was er meinte.

»Was ist weg?«, fragte ich nach.

»Beesdorf«, sagte Kalle, »mein altes Kaff.«

KALLES GESCHICHTE

Kalles Mutter hatte Kalle sehr jung bekommen und wenig mit ihm anzufangen gewusst. Seinen Vater hatte sie nur eine ausgedehnte Nacht und einen kurzen Morgen lang gekannt. Als Kalle alt genug war, erzählte sie ihm, dass sie noch miteinander gefrühstückt und er sogar Rollmops gegessen hätte, um sechs Uhr in der Früh. Dann sei er gegangen und nie wieder aufgetaucht. Kalles Mutter war noch nie besonders gut darin gewesen, sich Dinge zu merken, und als feststand, dass sie schwanger war, hatte sie den Namen von Kalles Vater schon längst wieder vergessen. Sie erinnerte sich nur noch an die Sache mit dem Rollmops und dass er eine blaue Jacke getragen hatte und von ihrem Frühstückstisch aus direkt zur Arbeit gegangen war. Wahrscheinlich war er Schlosser gewesen, aber auch das wusste sie nicht mehr so genau.

Zwei Tage nach Kalles Geburt war seine Mutter siebzehn Jahre alt geworden. Ein Dreivierteljahr später bot man ihr an, eine Ausbildung in der Stadt zu machen, als Textiltechnikerin in einer Bekleidungsfabrik. Erst überlegte sie, Kalle mit in die Stadt zu nehmen. Immerhin hatte die Fabrik einen eigenen Kindergarten. Doch dann musste sie in Schichten arbeiten und ganz am anderen Ende des Ortes in einem Wohnheim wohnen. Ihre Eltern schlugen ihr vor, sich unter der Woche um ihren Enkel zu kümmern. Sie waren ohnehin der Ansicht, dass es für ein Kind besser war, auf dem Land aufzuwachsen. Seine Mutter willigte ein. Jeden Samstagmittag fuhr sie von nun an direkt von der Fabrik zu ihnen ins Dorf. Kalle freute sich immer, wenn seine Mutter kam. Während er in der Sandkiste spielte, die sein Großvater für ihn im Garten gebaut hatte, saß sie auf einem der Randsteine und stützte den Kopf auf die Hände. Manchmal nahm sie sich ein Förmchen, füllte es mit Sand und reichte es ihm. Meistens saß sie jedoch einfach nur da und schaute Kalle zu, wie er Burgen und Türme baute und sie wieder einstürzen ließ. Besonders müde war seine Mutter nach Nachtschichten und Betriebsfesten. Dann konnte Kalle beobachten, wie sie immer wieder für ein paar Minuten die Augen schloss. Kalle mochte das, denn sie hatte ihre Lider meistens mit irgendeiner leuchtenden Farbe bemalt. Großmutter machte so etwas nie. »Schön blau«, sagte Kalle schon, als er noch ziemlich klein war, und seine Mutter lächelte ihn mit geschlossenen Augen an. Auch am Wochenende brachte ihn abends meist die Oma ins Bett, weil seine Mutter fortmusste, um sich im Nachbardorf mit Freunden zu treffen. Einmal wurde er spät in der Nacht wach, weil sie an seinem Bett stand und sanft über seine Wange streichelte. Sie trug ihr Haar seltsam nach oben frisiert, ihre Lederjacke und ihre Finger rochen nach Zigarettenrauch. Sie war ihm wie ein Wesen aus einer anderen Welt vorgekommen, er hatte sich ihr fremd gefühlt, sich sogar ein wenig vor ihr geängstigt, aber trotzdem war er froh gewesen, dass sie bei ihm war.

Nachdem seine Mutter ihre Ausbildung beendet hatte, starb Kalles Großvater, und es wurde beschlossen, dass Kalle für zwei weitere Jahre im Dorf bleiben sollte. Zum einen, weil seine Mutter immer noch in Schichten arbeitete, zum anderen, damit seine Großmutter nicht ganz allein war. Gemeinsam fütterten sie die Hühner, kehrten den Hof, sammelten Holz und warteten auf das Wochenende, auch wenn die Besuche seiner Mutter mit der Zeit immer seltener wurden.

»Sie hat viel zu tun, sie ist jetzt im Betriebsrat«, sagte seine Oma, wenn er am Samstag Stunde um Stunde am Fenster saß und hoffte, dass sie vielleicht doch noch kam. Kalle wusste natürlich damals nicht, was ein Betriebsrat genau war, aber er beschloss, dass er später, falls er selbst mal Kinder hatte, niemals etwas mit einem Betriebsrat zu tun haben wollte.

Wenn er sehr lange am Fenster gewartet hatte, setzte ihn seine Großmutter manchmal hinten auf ihr Fahrrad, fuhr trotz ihrer kaputten Hüfte bis in den übernächsten Ort und kaufte ihm dort ein Eis. In Beesdorf selbst gab es keine Eisdiele. Es zählte damals schon nur ein paar hundert Einwohner. Viele trugen denselben Nachnamen. Die meisten waren auf irgendeine Weise miteinander verwandt. Als Kind hatte man jeden Erwachsenen, den man auf der Straße traf, zu grüßen. Auch wenn er hoch oben auf einem Trecker saß. Manchmal durfte man dafür dann ein Stück mitfahren.

Als Kalle sieben war, erhielt seine Großmutter die Nachricht, dass sie das Haus räumen und wegziehen sollten. Wochen vorher hatte sich schon eine eigenartige Unruhe im Dorf ausgebreitet. Menschen trafen sich auf der Straße, flüsterten, schüttelten die Köpfe und gingen sofort wieder auseinander, sobald ein Dritter hinzukam.

Jemand hatte festgestellt, dass sie auf einem großen Klumpen Braunkohle wohnten und dass es an der Zeit sei, diesen Klumpen aus der Erde zu holen. Viele der Dorfbewohner waren anfangs dagegen, und auch Kalles Großmutter sah es nicht ein, dass das Haus, in dem sie nun schon so viele Jahre lebten, einfach verschwinden sollte. Die sauber abgestempelten Briefe, die ihnen die Postfrau wöchentlich brachte, warf sie ungeöffnet in den Küchenofen. Ein paarmal kamen Männer vorbei, die sich mit ihr unterhalten wollten. Sie bot ihnen stets einen Klaren an und schickte Kalle aus dem Zimmer. Je nachdem, wie trinkfest die Männer waren, wankten sie früher oder später wieder aus der Tür, ohne die Großmutter überzeugt zu haben, ihr Haus für die Braunkohle herzugeben. Doch mit den Briefen und den Männern veränderte sich das Dorf allmählich. Die Nachbarn verließen nach und nach ihre Grundstücke, selbst der dicke Herr Pfeiffer, der immer am lautesten von allen protestiert und sogar angedroht hatte, sich an sein Hoftor zu ketten. Er verschwand über Nacht mit seiner Familie. Ein Nachbar hatte ihn noch eilig Sachen in den Trabant packen sehen. Aber keiner wusste, wohin die Pfeiffers gefahren waren. In den Ersatzwohnungen, die allen Beesdorfern angeboten wurden, tauchten sie niemals auf. Aber Kalle war damals eben erst sieben gewesen und hatte sich keine weiteren Gedanken über die Situation gemacht. Er hatte all die Dinge so hingenommen, wie sie kamen. In gewisser Weise gefiel ihm die veränderte Situation sogar. Ganze Nachmittage verbrachte Kalle heimlich in den leerstehenden Häusern, erkundete die Zimmer, sprang auf alten Matratzen herum, schaute nach, was die Leute alles zurückgelassen hatten, und spielte mit kaputten Schirmen, verstaubten Hüten und zerlöcherten Mänteln Detektiv.

Zusammen mit dem alten Schmiede-Heinz gehörten

seine Großmutter und er zu den letzten drei Menschen, die noch in Beesdorf lebten. Wenn man sie fragte, warum sie so sturköpfig seien, antwortete die Großmutter nur: »Einen alten Baum verpflanzt man nicht mehr.«

Letztendlich wurde sie – zu Kalles Verwunderung – doch verpflanzt, und zwar in eine Siedlung am Rande des nächstgrößeren Ortes. Es war eine kleine Neubauwohnung mit einem richtigen Bad. Der Umzug hatte unmittelbar mit Großmutters kaputter Hüfte zu tun gehabt. Die Schmerzen waren mit der Zeit immer schlimmer geworden. Schließlich war eine Operation unumgänglich gewesen. Während die Oma im Krankenhaus lag, redeten die Männer auf Kalles Mutter ein, die gekommen war, um auf ihn und das Haus aufzupassen. Sie war damals sehr nervös gewesen. Nachts stand sie in der Küche am Fenster und rauchte eine nach der anderen. »Geh ins Bett, Kleiner, mir geht's nicht gut«, hatte sie gemurmelt, als er einmal barfuß in der Türschwelle stand, weil er nicht schlafen konnte, da ihm seine Großmutter fehlte. Letztendlich hatte irgendwer doch zugestimmt, dass das Haus abgerissen wurde. Die Großmutter sagte später, dass es Kalles Mutter gewesen sei, die kein Rückgrat gezeigt und einfach feige unterschrieben hätte. Seine Mutter behauptete, man habe ihr gesagt, dass Großmutter dem Abriss schon zugestimmt hätte und dass sie nur noch die Formalitäten geregelt hatte. Bis heute war Kalle nicht ganz dahintergekommen, wie es wirklich abgelaufen war. Er erinnerte sich nur, wie traurig der letzte Tag im Haus gewesen war. Unter den Augen zweier Polizisten hatte seine Mutter die wichtigsten Sachen zusammengepackt und die Hühner geschlachtet. Immer wieder liefen ihr dabei Tränen über die Wangen. Ihre Schminke floss mit ihren Tränen links und rechts zum Kinn herunter. Sie sah aus wie einer von diesen traurigen schwarzweißen Clowns, die Kalle nicht mochte, weil er fand, dass Clowns einfach lustig sein sollten. Der eine der beiden Polizisten schenkte seiner Mutter ein Taschentuch und eine halb volle Schachtel Karo, dann stiegen Kalle und sie zu ihren Sachen in einen kleinen LKW, der von einem Mann gefahren wurde, den er nicht kannte. Auf der Fahrt hielt Kalles Mutter die ganze Zeit seine Hand. Es war ein schönes Gefühl gewesen, obwohl es ein Abschied war. Nachdem die Großmutter vom Krankenhaus in die winzige Neubauwohnung gezogen war, sah Kalle seine Mutter noch seltener. Wenn sie doch kam, machte die Großmutter ihr Vorwürfe, dass sie das mit dem Haus zugelassen hatte. Schließlich blieben ihre Besuche ganz aus.

Die neue Wohnung hatte eine schmale Küche, in die kein Tisch hineinpasste. Dafür gab es eine Durchreiche zum Wohn- und Esszimmer. Die Großmutter mochte die Küche nicht, weil sie sie an eine Betriebskantine erinnerte. Außerdem misstraute sie dem Fahrstuhl. Sie hatte gehört, dass eine Frau aus einem der anderen Blocks mal eine Nacht in so einem Ding festgesteckt hatte. Mit Mühe stieg sie die vielen Treppen hinauf zu ihrer Wohnung. Anfangs kam sie oft mit den Stockwerken durcheinander, weil alles so gleich aussah. Das Einzige, an dem die Großmutter Gefallen fand, war das große, ausklappbare Sofa, das sie von dem Geld gekauft hatte, das man ihnen für das Haus gegeben hatte. Auf diesem Sofa harrte sie so lange aus, bis Kalle fast siebzehn war.

Eines Morgens dann hatte sie vor dem laufenden Fernseher gelegen und sich nicht mehr gerührt. Kalle hatte ihr die Augen geschlossen und sie mit einer Decke zugedeckt. Sie war schon ganz kalt gewesen.

Auf der Beerdigung traf er nach langer Zeit seine Mutter wieder. Wegen der Streitigkeiten um das Haus hatte er sie damals komplett aus den Augen verloren. Außerdem hatte sie einen Mann geheiratet, den weder Kalle noch die Großmutter leiden konnten. Er stank immer nach Schnaps, und jedes falsche Wort konnte ihn an die Decke bringen. Als seine Mutter während der Trauerrede neben ihm stand, bemerkte Kalle, dass sich unter ihrem Mantel ein Babybauch wölbte. Kalle traute sich nicht, nach dem Kind zu fragen, und seine Mutter sagte auch nichts dazu. Sie weinte nur die ganze Zeit, wie damals, als sie das Haus ausgeräumt hatte. Diesmal verlief ihre Schminke jedoch nur auf der einen Seite. Sie wischte sich die schwarze Spur mit einem alten Taschentuch aus dem Gesicht und sagte, er könne erst einmal in der Wohnung bleiben, sie übernähme die Miete.

Kalle hielt es keine sechs Wochen dort aus. Immer musste er an den Anblick der Großmutter auf dem Sofa denken. An das gelbe und eingefallene Gesicht. Es hatte ihn an einen verhungerten Vogel erinnert. Nachts träumte er davon.

Obwohl seine Oma alt und ihre Gesundheit nicht die beste gewesen war, hatte Kalle nicht damit gerechnet, dass sie ihm so plötzlich und leise davonsterben würde. Er hatte sich in den Wochen zuvor wenig mit ihr unterhalten. Lieber war er mit ein paar Kumpels bis spätnachts um die Häuser gezogen. Er wusste, dass seine Großmutter nicht besonders glücklich darüber war. Sie sagte nichts dazu, aber er konnte es an den Blicken erkennen, die sie ihm zuwarf, wenn er zur Tür hereinkam, seine Jacke gar nicht erst auszog, sondern sich nur schnell etwas zu essen schnappte und wieder verschwand. Sein schlechtes Gewissen hatte er einfach beiseitegeschoben.

Nun wusste er, dass er damit einen Fehler begangen hatte. Kalles Großmutter war der einzige feste Punkt in seinem Leben gewesen. Aus irgendeinem Grund hatte er angenommen, dass sie immer für ihn da sein würde. Als sie starb, einfach so, ohne Abschied, stürzte mit einem Mal alles in ihm zusammen. Er hörte auf zu essen und sich zu waschen. Nachts lief er ziellos durch die Straßen. Ohne Jacke und manchmal auch barfuß. Schließlich griff ihn eine Polizeistreife auf. Seine Mutter war einverstanden, ihn vorübergehend in ein betreutes Wohnen zu stecken. Im Prinzip war es eine WG aus jungen Leuten, die alle einen Knacks hatten. Es war gar nicht so übel dort. Allerdings musste er nach einem Jahr wieder ausziehen und sich etwas Eigenes suchen. In der folgenden Zeit hatte er mal hier, mal dort gewohnt und sich mit den verschiedensten Jobs durchgeschlagen. Einmal fing er sogar eine Ausbildung in einer Schlachterei an. Doch er hielt es nur ein halbes Jahr durch, dann hatte er die Schnauze voll gehabt vom Schweinetöten. Irgendwann war er schließlich beim Paketfahren hängengeblieben.

»Als selbständiger Paketfahrer«, sagte Kalle.

»Was heißt das?«, fragte ich, richtete mich auf und fuhr mir über das linke Schulterblatt.

»Das bedeutet, dass du kein Postauto kriegst, dafür aber in deinem eigenen Auto herumfährst. Bei mir ist es eben mein Bulli.«

»Verstehe.«

Ich schlug die Decke zurück, entfernte ein paar Steinchen, die mir gegen den Rücken gedrückt hatten, und legte mich wieder hin. Kalle blickte weiter auf den See, so wie er es die ganze Zeit schon getan hatte, während er erzählte. Mir fiel auf, dass Kalles Haut den gleichen ockerfarbenen Ton hatte wie der Sand, auf dem wir saßen. Ein bisschen heller war sein Teint vielleicht, aber nicht viel. Auch das Graubraun seiner Augen fand sich in der Umgebung wieder. Es war die Farbe der etwas tiefer liegenden Gesteinsschichten, die freilagen, weil das Wasser sie noch nicht erreicht hatte. Jano sagte immer, dass man den Leuten ansehen könne, woher sie kamen. Ich hatte ihm das nicht glauben wollen. Vor allem, weil ich nicht wollte, dass man mir ansah, woher ich kam. Doch in Kalles Fall behielt Jano eindeutig recht.

Ich richtete mich auf, zog Janos Pullover und meine Schuhe aus und lief barfuß bis zum Rand des Plateaus. Kalle begann gegen seine Wade zu klopfen. Sein Bein war eingeschlafen. Er erhob sich trotzdem. Humpelnd kam er zu mir.

»Bein ausstrecken und Ferse rausdrücken«, sagte ich.

Kalle ließ seinen Fuß in der Luft schweben. Ich hielt ihn am Arm fest, weil er ein wenig schwankte.

»Besser?«, fragte ich.

Kalle zuckte mit den Schultern.

»Dann die Zehen nach vorne und kreisen!« Ich machte es ihm vor. Unter unseren kreisenden Füßen schimmerte das Wasser.

»Kann man hier eigentlich schon schwimmen?«, fragte ich.

Kalle antwortete nicht. Stattdessen legte er seinen Arm um meine Hüften, drehte mich, hob mich hoch, huckepack.

»Was machst du da?«, rief ich, obwohl ich wusste, was er vorhatte. Ich konnte es in seinem Nacken lesen, an der Stellung der Nackenwirbel, am Geruch nach rotem Sand. Kalle ging ein paar Schritte zurück, dann rannte er los und sprang.

IM SEE

Kalle und ich schlugen nebeneinander ins Wasser. Ich wartete, bis sich die Wellen um uns wieder gelegt hatten, dann tauchte ich unter. Während auf der Oberfläche ein wenig rötlicher Staub schwamm, war es etwas tiefer unten recht klar. Ich konnte langstielige Pflanzen sehen, die mit ihren Blätterarmen von unten zu uns heraufwinkten. Das Sonnenlicht malte Muster auf die Ranken. Es war angenehm warm. Kalle tauchte an mir vorbei. Er zeigte auf ein paar kleine Fische, die die Aufregung um unser plötzliches Eintauchen in den See schon wieder vergessen hatten. Sie schwammen im Zickzack um uns herum. Die Sonne ließ ihre Schuppen immer wieder in neuen Farben aufleuchten. Unter Wasser hatte Kalle das Gesicht eines Schuljungen. Sein Haar wehte ihm wie ein heller Algenkranz um den Kopf. Er grinste und tauchte unter mir durch. Ich spürte seinen Körper an meinem Bauch entlanggleiten. Sein Rücken war breit und fest. Ich drehte mich in die Richtung, in die er verschwunden war, und bekam seine Füße zu fassen. Kalle begann kräftig mit den Armen zu rudern, seine Beine hielt er still. Er zog mich tiefer nach unten. Normalerweise tauchte ich nie so lange. Meistens hielt ich mich lieber an der Oberfläche auf. Meine Mutter hatte mir mal die Karten gelegt und gesagt, dass ich mich vor größeren Gewässern in

Acht nehmen sollte. Sie könnten einmal sehr gefährlich für mich sein. Doch hier, mit Kalle, hatte ich keine Angst. Es war zu schön, beinahe märchenhaft hier. Wir schwammen in unseren Klamotten durch einen See, der heute noch norwegisch und morgen vielleicht schon dänisch war. Um uns herum gab es nichts außer ein paar glitzernden kleinen Fischen, die aussahen, als seien sie eben erst auf diese Welt gekommen.

Erst als wir es kaum noch aushielten, tauchten wir auf. Kalle schnappte laut nach Luft.

»Du kannst ganz schön lang den Atem anhalten«, bemerkte er anerkennend.

»Du auch«, antwortete ich.

Er machte ein paar Schwimmzüge auf mich zu. Sein nasses Haar hing ihm in kleinen Büscheln über der Stirn.

»Ich wollte mal Taucher werden«, erklärte er, während er vor mir im Wasser schwebte. Beeindruckt beobachtete ich seine sachte rudernden Armbewegungen. Ich hatte noch nie auf der Stelle schwimmen können. Immer driftete ich zu einer Seite ab. »So schwer ist es doch gar nicht«, hatte Onkel Marek immer zu mir gesagt, »mach die Bewegungen einfach schön langsam.« Es hatte nichts geholfen. Kalle merkte, dass ich seitlich an ihm vorbeitrieb, und schloss mit zwei ebenso ruhigen wie präzisen Armbewegungen zu mir auf. »Kannst dich an meiner Schulter festhalten, wenn du willst.« Ich legte meine Hand in die Kuhle zwischen Schulterblatt und Hals.

»Du wolltest also Taucher werden?«, fragte ich.

»Das war so eine Idee. Ich hatte mal einen Film im Fernsehen gesehen, von einem jungen Mann, der die meiste Zeit im Wasser lebte und nur für ein paar Stunden täglich an Land kam. Wegen einer schweren Lungenkrankheit hatte ihm sein Vater, ein Chirurg, die Kiemen eines großen Fisches einoperiert. Das fand ich irgendwie gut. Leider hatte ich keinen Vater, der Chirurg war, deshalb habe ich in der Badewanne trainiert, den Atem anzuhalten.«

Ich stellte mir Kalle in einer kleinen Neubau-Badewanne vor. Unbeweglich lag er unter Wasser und zählte die Sekunden. Nur sein Algenhaar bewegte sich hin und her.

Kalle ruderte sanft mit dem rechten Arm, so dass wir noch dichter nebeneinander auf dem Wasser trieben.

»Hier oben«, sagte er und blickte in Richtung Ufer, »hier oben erkenne ich nichts mehr. Kein Baum, kein Hügel steht mehr dort, wo er früher war. Doch seltsamerweise habe ich bis heute das Gefühl, dass da unten am Grunde des Sees noch ein bisschen Beesdorf übrig geblieben ist.« Er lächelte schief.

Ich fuhr mit der Hand über seine Schulter, nur ganz langsam und vorsichtig, damit ich nicht wieder abtrieb.

»Und hast du schon mal nachgeschaut, am Grund des Sees?«, fragte ich und spürte, wie sich unsere Beine in ihren Schwimmbewegungen berührten.

»Ziemlich oft«, flüsterte Kalle, griff meine Hand und zog mich wieder unter Wasser.

NUR MAL KURZ NACHSEHEN

Wir hatten einen kleinen Pfad gefunden, der wieder auf unser Plateau hinaufführte. Oben angekommen, schälten wir uns aus unseren nassen Klamotten. Ich trocknete mich mit einem alten Handtuch ab, das Kalle im Auto gefunden hatte. Dann zog ich mir Janos Pullover über. Kalle spannte einen Strick zwischen zwei Birkenbäumchen und hängte unsere tropfenden Sachen zum Trocknen in die Sonne. Ein leichter Wind wehte die Hosenbeine meiner Jeans hin und her. Ich steckte das Handtuch an meinen Hüften fest und zündete mir eine Zigarette an. Es war die letzte in der Packung. Kalle und ich teilten sie uns.

Am Himmel hatte die Nachmittagssonne begonnen, Stück für Stück nach unten zu sinken. Es war noch lange nicht dunkel, aber über dem Wasser konnte man schon die Insekten summen hören, sie kündigten den Abend an.

»Wir sollten noch mal nach deiner Mutter schauen«, meinte Kalle irgendwann. Ich wusste nicht, was ich darauf antworten sollte. Das Letzte, was ich wollte, war jetzt in die Kneipe zurückzukehren. Zurück zu all den Geschichten, die passiert waren. Hier am See waren sie weit weg. Andererseits tat mir meine Mutter leid. Das mit dem Stein hatte sie ziemlich mitgenommen, und es war unklar, ob Großmutter Lucia sich um sie kümmern würde. Ich drehte meine

Beine auf der Decke ein Stück weiter in Richtung Westen, so dass ich die letzten warmen Sonnenstrahlen abpasste. Dann schloss ich die Augen.

»Und was sagst du?«, fragte Kalle.

»Lass uns in zehn Minuten losfahren.«

Je näher wir Strottenheim kamen, desto schlechter wurde meine Stimmung. All die Schwere kam zurück. Ich musste wieder daran denken, dass Jano einfach gegangen war, ohne mir auch nur eine Nachricht zu hinterlassen. Dafür hatte er Großmutter Lucia einen Brief geschrieben. Sollte ich nach all dem, was passiert war, morgen schon wieder hinter dem Tresen stehen, Salatbeilagen drapieren und Selbstmördern ihr letztes Bier reichen? Nicht vorstellbar. Überhaupt hatte ich das Gefühl, dass wir mit dem Bulli die falsche Richtung eingeschlagen hatten. Wir hätten weiterfahren sollen. Egal wohin, jeder Weg, der nicht nach Strottenheim führte, wäre richtig gewesen.

Kalle parkte den Bulli an seiner alten Stelle. Die Tür des Café Enders war verschlossen. Während ich nach meinem Schlüssel suchte, schaute sich Kalle das zugeklebte Fenster an. Ein Stück Pappe hatte sich gelöst, er steckte es notdürftig wieder fest. Dann gingen wir nach oben.

Das Bett meiner Mutter war leer. Im Wohnzimmer lief der Fernseher, aber auch dort war sie nicht. Vorsichtig öffnete ich die Tür zum Schlafzimmer meiner Großmutter. Die Bettdecke lag zurückgeschlagen auf der Matratze. Von Großmutter Lucia keine Spur, vom Brief natürlich auch nicht. Nachdem wir die letzten Zimmer der oberen Etage durchsucht hatten, gingen wir wieder nach unten. Ich lief um das

Haus herum zu Janos Gartenhütte. Seit dem Morgen hatte sich nichts verändert.

Kalle und ich setzten uns nebeneinander an die Bar. Ich mixte zwei Bacardi-Cola. Kalles Magen knurrte in die Stille hinein.

»Ich mach mal was zu essen«, sagte ich, stand von meinem Hocker auf und ging in die Küche.

Meine Mutter saß an dem kleinen Tischchen, links neben dem Spülbecken.

»Hier bist du!«, rief ich, meine Mutter nickte. Ihr Blick war wach und offen, die Wangen leicht gerötet. Sie schien sich von ihrem Schock vollkommen erholt zu haben.

»Wo ist Großmutter?«, fragte ich.

»Die ist auf den Friedhof gegangen. Zu Hermann.«

Es beruhigte mich, dass sie nicht zu Hause war. Es war besser so. Meine Mutter schaute mich mit ihren schönen, von dichten Wimpernkränzen umschlossenen Augen an. Ihr linker Unterarm lag auf der Tischplatte auf, die rechte Hand stützte ihr Kinn.

»Jano ist auf dem Weg nach Bratislava«, sagte sie.

Meine Mutter hatte seinen Brief also gelesen. Keine Ahnung, wie sie das angestellt hatte. Freiwillig hatte ihr Großmutter Lucia den Umschlag sicher nicht gegeben. Meine Mutter griff in ihre Tasche und holte einen Zettel daraus hervor. Sie hatte eine Adresse darauf geschrieben: *Michal Hornákov, Panenská 13, Bratislava.*

»Wer ist das?«, fragte ich.

Rosana stand auf, holte ein paar Eier aus dem Kühlschrank und verrührte sie in einer Schüssel.

»Das wird Jano dir sicher selbst sagen wollen«, sagte sie, während sie eine unserer großen gusseisernen Pfannen heiß werden ließ. Ich griff mir eine Zwiebel aus dem Korb, schälte und schnitt sie, dann ging ich zu ihr. Neben meiner Mutter stehend schob ich die Zwiebelstückchen vom Brettchen in die Pfanne. Das Öl zischte. Meine Mutter drehte das Gas ein Stück herunter und schob mit einem Holzlöffel die Zwiebeln auf dem Pfannenboden hin und her. Ich beobachtete sie dabei. Nichts an ihr schien in diesem Augenblick zu schweben, nur ein paar verirrte Haarsträhnen bewegten sich lautlos schwingend in der Luft.

Der Stein hatte meine Mutter wieder ein Stück näher zur Erde geholt. Zumindest für den Moment.

BRATISLAVA

Jano und ich hatten immer davon geträumt, einmal zusammen nach Bratislava zu fahren, in die Stadt, um die Großmutter Lucia immer so ein großes Geheimnis machte. Von meiner Mutter wussten wir, dass Lucia in einem Randbezirk von Bratislava zur Welt gekommen und in ziemlich ärmlichen Verhältnissen aufgewachsen war. Anfang der fünfziger Jahre hatte Opa Hermann sie von einer Betriebsreise in die Slowakei mit nach Strottenheim gebracht. Wir wussten nicht, wie sich die beiden genau kennengelernt hatten. Vielleicht hatte Großmutter Lucia in dem slowakischen Elektrizitätswerk gearbeitet, das mein Großvater als junger Ingenieur besucht hatte. Aber das war nur eine Vermutung. Großmutter Lucia redete nie über damals. Meine Mutter meinte, es läge daran, dass es ihr schon immer unangenehm gewesen sei, eine Roma zu sein. Sie lehnte all die Dinge ab, die man mit Zigeunern in Verbindung bringen konnte. Sie rümpfte die Nase über die langen, schwingenden Ohrringe und die klappernden Armreifen, die meine Mutter manchmal trug. Sie wechselte den Fernsehsender, wenn dort Fiedelspieler zu sehen waren. Doch am meisten verabscheute sie Esoterik. Sie hatte schon Leute aus unserer Kneipe geschmissen, weil sie sich laut das Tageshoroskop aus dem Ortsblatt vorgelesen hatten. Alles Mystische konnte eine plötzliche, unkontrollierbare Wut in ihr wecken. Deshalb legte meine Mutter den Leuten die Karten auch immer nur im Abstellraum. Jano und ich hatten uns oft gefragt, was passiert sein musste, dass sie all diese Dinge so furchtbar fand. Für Jano war klar, es konnte nicht nur ihre ärmliche Herkunft allein sein, die sie versuchte zu vergessen. Er glaubte, dass da noch etwas anderes war. Ein Geheimnis, das sie auf keinen Fall preisgeben wollte. Wir hatten heimlich in ihren Schränken und Kommoden nach einem Hinweis darauf gesucht, aber nie etwas gefunden.

Großmutter Lucia kam spät vom Friedhof zurück. Draußen war es schon dunkel.

»Ich werde Jano hinterherfahren«, sagte ich zu ihr, als sie ihre Jacke ablegte. Ich hatte mir diesen Satz immer wieder durch den Kopf gehen lassen. Während des Essens mit meiner Mutter und Kalle, während der Zeit, die wir unten in der Kneipe gesessen und Fernsehen geschaut hatten. Ich wollte, dass meine Großmutter wusste, wohin ich morgen aufbrechen würde. Doch Lucia schaute mich nicht an. Ihr kräftiger, stämmiger Körper wirkte in sich zusammengesunken. Noch vor ein paar Tagen wäre sie zweifelsohne absolut gegen einen solchen Plan gewesen. Aber heute protestierte sie nicht. Es kam mir vor, als ob etwas in ihr erloschen war. Doch ich hatte jetzt keine Zeit, genauer darüber nachzudenken. Ich musste Jano finden, das war erst einmal das Wichtigste. Entschlossen drehte ich mich um. Kalle, der kurz im Bad gewesen war, stand nun im Türrahmen. Man sah ihm an, dass er nicht wusste, ob er bleiben oder gehen sollte.

»Ich möchte, dass du mitkommst nach Bratislava.«

Kalle schaute mich überrascht an, dann nickte er.

»Gleich morgen früh fahren wir los.«

In dieser Nacht schlief ich in meinem Zimmer und Kalle in der Stube auf der Couch. Eine ganze Weile lag ich wach auf meinem Bett und betrachtete die Dinge um mich herum. Die gelbe Streifentapete, die auf Brusthöhe in einer blauen Borte mit einem Schwalbenmuster abschloss. Den dunkelblauen Teppich, der schon einige Brandflecke abbekommen hatte, weil ich es eine Zeitlang schön gefunden hatte, Teelichter auf dem Boden zu drapieren. Das alte Regal, das ich vor ein paar Jahren schwarz lackiert hatte. Die Kommode, auf der meine Schminksachen lagerten und an deren Seite zwei Dutzend Sticker klebten, die ich aus Hanuta-Packungen gesammelt hatte. Ich versuchte, die Dinge mit den Augen eines Menschen zu betrachten, der zum ersten Mal in dieses Zimmer kam. Es ging einfacher, als ich dachte. Obwohl ich all die Jahre in diesem Raum geschlafen hatte, fühlte sich alles fremd und unwirklich an. Das Bett, in dem ich lag, war nicht mehr mein Bett. Die Poster an der Wand, die Bücher im Regal, die kleine Plastiklampe auf dem Nachttisch – all das gehörte einer Person, die früher hier gelebt hatte. Ich war nur auf der Durchreise. Gleich morgen würden Kalle und ich nach Bratislava weiterfahren. Ein guter Plan, vielleicht der beste seit Jahren.

BIENEN

Als ich Kalle am nächsten Tag in aller Früh wecken wollte, saß er aufrecht auf dem Sofa. Er war angezogen, die Decke lag ordentlich zusammengefaltet neben ihm.

»Ich habe einen seltsamen Traum gehabt«, sagte er, erhob sich und kam mit mir in die kleine Küche oben in der Wohnung, in der ich mich sonst so gut wie nie aufhielt, weil ich immer unten in der Kneipe frühstückte. Ich stellte den Wasserkocher an, holte zwei Tassen und die Zuckerdose aus dem Schrank.

»Worum ging es denn in deinem Traum?«

»Um Bienen.«

Ich nahm die Kaffeedose aus dem Regal und fischte den Löffel, der halb im Pulver versunken war, heraus.

»Du trinkst doch Überbrühten?«

Kalle nickte.

Bis auf das Rauschen des Wasserkochers war das Haus ganz still. Großmutter Lucia stand sonst immer um fünf Uhr morgens auf, ihre natürliche Zeit, wie sie sagte. Es hatte mich meistens gestört, wenn sie so früh in der Wohnung herumlief und die Dielen unter ihren schweren Schritten knarrten. Doch heute war die Tür zu ihrem Schlafzimmer noch verschlossen.

»Sobald das Wasser heiß ist, gieß es einfach in die Tassen«, sagte ich zu Kalle und ging ins Bad.

Meine Mutter würde nicht vor halb neun aufstehen. Wenn ich mich beeilte, würde ich weder ihr noch Großmutter Lucia über den Weg laufen.

Ich drehte den Hahn des Waschbeckens auf, benetzte mein Gesicht mit kaltem Wasser und schaute mich im Spiegel an. Meine Wangen und die Stirn glänzten nass, in meinen Wimpern hatten sich ein paar winzige Wassertropfen verfangen. Die Augen darunter blickten mir ruhig und klar entgegen. Meine Lippen zitterten ein wenig. Ich wusste, dass ich schnell fortmusste. Seit Ewigkeiten hatte ich an nichts anderes gedacht, als Strottenheim, dieses Haus und die Kneipe endlich zu verlassen. Aber ich hatte es nicht aus eigener Kraft geschafft. Ich hatte auf einen Anlass gewartet, auf so etwas wie ein Zeichen. Doch es war nichts passiert. Die Tage waren gleichförmig und träge dahingeflossen. Oft hatte ich mich über unsere Gäste, über Großmutter Lucia oder meine Mutter aufgeregt, allerdings hatte das nie genügt, um allem hier den Rücken zuzukehren und in die Welt aufzubrechen. Eine ganze Weile hatte ich gehofft, dass Jano mich mitziehen würde. Wir hatten gemeinsam von Bratislava geträumt. Aber auch Jano hatte anscheinend erst einen Anlass, eine spürbare Erschütterung gebraucht, um von hier zu verschwinden. Vielleicht hatten wir uns auch deshalb immer wieder in Hardys Haus geschlichen. Wir wollten die Sache vorantreiben. Samstagnacht hatte Jano schneller als ich erkannt, dass der Zeitpunkt endlich gekommen war.

Ich trocknete mein Gesicht ab, steckte meine Zahnbürste und ein paar andere Sachen in einen Beutel und ging wieder zurück in die Küche. Kalle hatte schon den Kaffee aufgegossen.

»Danke«, sagte ich, als er mir die Zuckerdose zuschob.

»Bitte«, murmelte er und schien dabei ganz in eine andere Welt versunken zu sein.

Das Kaffeepulver war fast vollständig zum Grund der Tasse hinabgesunken. Nur ein paar vereinzelte schwarze Pünktchen schwammen noch an der Oberfläche. Ich spürte, wie sich etwas Stechendes, Schweres über meine Brust legte, mein schlechtes Gewissen. Ich musste wieder daran denken, wie meine Mutter am Boden zwischen den Scherben gelegen hatte. Blass und schön und leblos. Plötzlich hatte ich Angst um sie. Konnte ich sie wirklich hier allein lassen? Allein mit der veränderten Großmutter Lucia? Ich schob den Gedanken beiseite und dachte daran, dass Jano auch fortgegangen war, ohne darüber nachzudenken, was aus seiner Mutter, seiner Schwester und der Kneipe werden würde. Hatte er an mich gedacht? Ich verbot mir, darüber nachzudenken, kippte den Kaffee in einem einzigen Zug herunter und stellte die Tasse wieder auf den Tisch.

»Ich pack' nur noch ein paar Sachen in meinen Rucksack, dann können wir los.«

Ich ging nach unten in die Kneipe, nahm mir drei Packungen Erdnüsse aus dem Regal und öffnete die Kasse. Niemand hatte das Geld vom Sonntag in den Safe geräumt. Schnell steckte ich es in mein Portemonnaie, dann lief ich nach oben in mein Zimmer, um ein paar Wechselklamotten zu holen.

Eine Viertelstunde später verließen Kalle und ich das Haus. Die Sonne schien, und die Luft war noch angenehm kühl. Ich trug Janos blauen Kapuzenpullover.

»Gehen wir, ohne uns zu verabschieden?«, fragte Kalle.

»Sie wissen ja, wohin wir unterwegs sind.«

Kalle lief zum Bulli und öffnete die Tür.

»Ich hab den Wagen gestern gar nicht abgeschlossen«, sagte er überrascht.

»Steht ja trotzdem noch«, entgegnete ich und ging um das Auto herum zur Beifahrerseite. Ich kletterte auf den Sitz und warf meinen Rucksack nach hinten. Dann kurbelte ich das Fenster herunter, um die Morgenluft ins Auto zu lassen.

»Ich habe mich noch nie auf etwas so gefreut wie auf diese Reise«, sagte ich.

»Na dann«, antwortete Kalle und startete den Bulli.

Als wir vom Hof fuhren, entdeckte ich Großmutter Lucia und meine Mutter hinter dem Fenster. Sie hatten die Wohnzimmergardine ein Stück beiseitegeschoben, meine Mutter hielt sie mit einer Hand fest. Beide bewegten sich nicht. Ich sah das breite, tellerförmige Gesicht meiner Großmutter und daneben das von dunklen Haarwellen umrahmte meiner Mutter. So eng nebeneinander wirkten sie, trotz ihrer Unterschiedlichkeit, wie ein seltsam verwachsenes Wesen.

Ich konnte nicht deuten, was dieses zweiköpfige Geschöpf da oben am Fenster über mein Weggehen dachte. Seine vier Augen schauten so still zu mir herunter, dass es kaum auszuhalten war. Ich senkte den Blick, und Kalle lenkte den Bulli vom Parkplatz auf die Landstraße. Eine Zeitlang sagten wir nichts.

»Was war denn nun mit den Bienen in deinem Traum?«, fragte ich, um mich abzulenken.

Kalle bat mich, ihm seine Sonnenbrille aus dem Handschuhfach zu geben. Es war ein ziemlich wackeliges Gestell, eine Pilotensonnenbrille. Er bog sich die schmalen Bügel zurecht, bis sie fest saßen, dann begann er zu erzählen.

»Also, ich laufe über eine Wiese, auf der eine Bank steht. Auf dieser Bank sitzen meine Mutter und meine Großmutter. Sie haben alles für ein Picknick mitgebracht und winken mich zu sich herüber. Es ist wahrscheinlich Mai. Um uns herum blüht alles. Löwenzahn, Gänseblümchen und so weiter. Auf einmal entdecke ich im Gras vor mir zwei Bienen. Ich halte an, weil ich mit Bienen und Wespen immer vorsichtig bin. Ich reagiere ziemlich allergisch auf Stiche. Ich halte also an und versuche, mich nicht zu bewegen, weil ich es für das Beste halte. Doch irgendwie, wahrscheinlich vor Aufregung, verliere ich für einen kurzen Moment das Gleichgewicht. Ich rudere mit den Armen, um nicht umzufallen, und das schreckt die Bienen hoch. Ich sehe sie ein paarmal um meinen Kopf herumschwirren, reiße mein Gesicht zur Seite, und in dem Moment fliegen sie genau in mein Ohr. Ich spüre ihre Pelze in meinem Gehörgang, höre ein hohes Summen direkt an meinem Trommelfell. Vor Schreck erstarrt, bleibe ich stehen. Auf der anderen Seite der Wiese wundern sich meine Mutter und meine Großmutter bereits, wo ich bleibe. Sie rufen, ich solle doch nicht einfach mitten auf der Wiese herumstehen. Ich möchte ihnen sagen, dass ich zwei Bienen im Ohr habe und mich deshalb nicht bewegen darf. Doch in dem Moment, in dem ich den Mund öffnen will, fällt mir ein, dass ich ja auch nicht sprechen kann. Die Vibration meiner Worte würde die Bienen in meinem Gehörgang aufschrecken. Sie würden in Panik geraten und mich stechen. Immer heftiger winken meine Mutter und meine Großmutter zu mir herüber. Ich sehe ihnen dabei zu, ohne mich auch nur einen Millimeter rühren zu können. Ich hoffe die ganze Zeit, dass die Bienen von alleine wieder aus meinem Ohr herausfliegen, aber sie scheinen es sich erst richtig bequem zu machen. Ihr Summen klingt mittlerweile durch meinen gesamten Kopf. Ich sehe, wie meine Mutter auf der anderen Seite der Wiese den Picknickkorb wieder einpackt. Meine Großmutter holt einen Spaten und will den Korb mit allem, was darin ist, vergraben. In dem Moment, in dem sie in die Erde sticht, bin ich aufgewacht.«

Kalle wischte sich über die Stirn und kurbelte sein Fenster ein Stück herunter. Im Auto war es inzwischen schon ziemlich warm geworden. Ich zog mir Janos Pullover aus und stopfte ihn in meinen Rucksack.

»Wenn ich Traumdeutung nicht total albern finden würde, würde ich sagen, dass du irgendwo feststeckst.«

»Wie meinst du das?«

»Na, dass da noch etwas offen ist. Aber für alles Esoterische ist bei uns eher meine Mutter zuständig. Wenn wir wieder nach Strottenheim zurückkommen, kannst du sie ja mal danach fragen.«

Kaum, dass ich den Satz beendet hatte, fiel mir ein, dass der Traum mit der Sache zu tun haben musste, die Kalle auf die Gleise getrieben hatte. Vielleicht war er auf irgendeine Weise mit seiner Mutter aneinandergeraten. Die Feinfühligste schien sie ja nicht zu sein. Zumindest nicht nach dem, was er mir am See erzählt hatte.

Ich schaute zu Kalle hinüber. Er war in seine Gedanken versunken. Stumm sah er auf die Straße. Ich wollte etwas Unverfängliches sagen, etwas über die Landschaft draußen, über das Wetter, aber mir fiel nichts ein. Langsam ließ ich meinen Blick durch den Bulli streifen. In einer der Ablagen entdeckte ich eine Kassette mit einem Bandnamen, den ich nicht kannte. Vorsichtig schob ich sie in den Rekorder und drehte die Musik auf. Ich hörte ein pochendes Schlagzeug und eine seltsam verschlungene elektronische Melodie. Draußen vor dem Fenster wiegte sich ein Hopfenfeld apathisch leise hin und her. Wenn der Hopfen hoch steht, dann ist der Sommer bald zu Ende, hatte meine Mutter oft gesagt.

Der Hopfen stand auf drei Viertel.

RUMÄNISCHE VIEHTRANSPORTERFAHRER

Die Sonnenstrahlen gewannen an Stärke. Ich klappte meine Blende herunter, und wir fuhren schweigend zur Musik in Richtung Südosten. Ich dachte an Jano. Vielleicht war er noch unterwegs und hockte als mitgenommener Tramper auf der Sitzbank irgendeines LKW, der Schweine nach Rumänien transportierte und dabei Bratislava auf der Strecke passierte. Jano mochte Typen, die herumkamen, die etwas von der Welt gesehen hatten und Dinge machten, die sonst keiner aushielt. Mit ihnen konnte er sich stundenlang unterhalten. Mit den Leuten aus dem Dorf redete Jano nie. Er hielt sie alle für Hohlbirnen. Der Einzige, mit dem er ab und an sprach, war Günther, der Platzwart. Doch ehrlich gesagt, war der noch hohler als die anderen. Erst hatte er sich dumm gesoffen, dann hatte er dazu noch einen Schlaganfall bekommen. Günther war sozusagen auf null gesetzt. Das machte ihn für Jano als Gesprächspartner wieder akzeptabel. Zu einer längeren, ernsthaften oder gar politischen Unterhaltung reichte es bei Günther natürlich nicht. Hin und wieder hatte Jano deshalb versucht, mich als Diskussionspartnerin zu gewinnen. Er hatte mir Zeitungsartikel gezeigt, die ihm keine Ruhe ließen. Es gab ziemlich viele davon. Seit Jahren fuhr er einmal die Woche in die Stadt, um sich ein paar

Gramm Gras und eine TAZ zu besorgen. Dann las er Artikel über verschiedenste Ungerechtigkeiten in der Welt und versuchte, sie in einen größeren Zusammenhang zu setzen. Das war der Punkt, an dem ich ausstieg. Natürlich hatte ich die Artikel gelesen, die er mir gegeben hatte. Ich hatte sogar die Sätze, die mir besonders wichtig erschienen, mit Bleistift angestrichen. Doch Jano kannte mich zu gut. Schnell erkannte er, dass die beschriebenen Verfolgungen, die Kämpfe und die Unterdrückung bestimmter Gruppen bei mir keine echte Wut schürten, so wie bei ihm. »Du liest den Kram doch nur, um mir zu gefallen«, hatte er mir einmal an den Kopf geworfen. Ich rammte ihm dafür meine Faust in den Magen. Später, als ich allein war, wälzte ich mich die ganze Nacht auf meinem Kissen herum und konnte nicht einschlafen. Es war mir peinlich gewesen, dass er recht hatte. Meine Welt drehte sich immer nur um die Dinge, die greifbar waren. Dabei waren die greifbaren Dinge um mich herum ziemlich dröge: die Rechnung des Getränkehändlers, die bezahlt werden musste, das Kneipenklo, das eine grundlegende Reinigung nötig hatte, und der Herd, der vermutlich in nächster Zeit den Geist aufgeben würde. Wenn ich darüber nachdachte, fiel mir auf, wie erschreckend ähnlich ich den Leuten war, die Tag für Tag in unserer Kneipe abhingen und die Jano hasste, weil sie niemals auch nur einen Millimeter über ihren eigenen Tellerrand hinausblickten. Vielleicht ist er deshalb ohne mich weggegangen, schoss es mir durch den Kopf, während Kalle so stark bremste, dass die Reifen quietschten.

Hinten im Laderaum flogen Kartons durcheinander. Irgendetwas schepperte und klirrte heftig. Kaum einen Meter vor der Frontscheibe des Bullis endete das Heck eines LKW.

»Sorry, hab zu spät gesehen, dass der anhält«, sagte Kalle. Am Straßenrand leuchtete die Ampel rot.

Wir hielten ein paar Meter weiter auf einem kleinen Parkplatz. Ich kletterte zwischen den Sitzen hindurch, um nachzusehen, was zerbrochen war. Dabei entdeckte ich türkisfarbene Porzellanscherben, die über die gesamte Ladefläche verteilt lagen. Eines der Pakete war aufgegangen.

»Du fährst die ganze Zeit mit einem Kaffeeservice herum?«

»Ach, das Geschirr«, murmelte Kalle, stieg aus dem Wagen und öffnete die Hecktür. Ich betrachtete den Adresszettel, der auf dem Kartondeckel klebte. *Regina Mammen, Scharnhorststraße 13, 07407 Schwarza* stand darauf. Kalle sammelte die Scherben zusammen, warf sie zurück in den Karton und schob ihn gegen die Innenwand des Wagens. Dann untersuchte er die anderen Kartons. In einem Paket befand sich ein kleiner blauer Fernseher. Das Plastikgehäuse hatte an der Rückseite einen größeren Platzer. Kalle strich mit dem Finger über die Bruchstelle.

»So ein Mist!«, fluchte er.

Ich las einen weiteren Namen auf einem der Adressaufkleber.

»Du hast es wohl nicht mehr geschafft, alle Pakete abzugeben, bevor du …«

Kalle schaute mich erschrocken an. Sein Gesicht war blass geworden. Er ließ sich langsam auf den Boden des Bullis sinken, bis er direkt neben dem Karton mit den Scherben saß. Dabei sah er aus, als sei plötzlich alle Kraft aus ihm gewichen. Seine Schultern hingen schlaff nach unten, der Oberkörper war eingeknickt. Ich befürchtete, er würde jeden Moment vornüberkippen. Vorsichtig legte ich meine Hand auf seine Wange.

»Alles klar bei dir?«

Ich umfasste seine Schulter, um ihn ein bisschen zu stützen, dann griff ich nach der Colaflasche, die noch vom Vortag in meinem Rucksack steckte.

»Lass uns erst mal an die frische Luft gehen und einen Schluck trinken, okay?«

Kalle folgte mir aus dem Wagen. Wir setzten uns auf einen Grünstreifen am Straßenrand. Ich strich mit dem Finger über seine Hand.

»Du bist bestimmt nicht der erste Paketfahrer, dem bei einer Lieferung mal was kaputtgeht. Wenn wir wieder zurück sind, gibst du einfach in deiner Zentrale Bescheid, und dann wird das sicher schon geregelt werden«, versuchte ich ihn zu trösten. Ich ließ seine Hand los und hielt ihm die Colaflasche hin. »Außerdem hast du mit dieser Aktion Leute vor ihrer eigenen Geschmacksverirrung bewahrt. Türkises Geschirr ist doch das Letzte, was man im Schrank haben will. Das ist sogar noch schlimmer als die hässlichen orangen Pötte bei uns in der Kneipe.«

Kalle lächelte nicht. Er trank einen Schluck Cola, gab mir die Flasche zurück und begann schweigend, kleine Grasbüschel aus dem Boden zu rupfen. Ich schraubte den Deckel fest und stellte die Flasche neben mich. Kalle war wirklich ein seltsamer Typ. Am Bahndamm war er ruhig geblieben, als der Zug auf ihn zurauschte. Er hatte sich konzentriert um meine Mutter kümmern können, nachdem der Stein direkt vor ihm durchs Kneipenfenster geflogen war. Und nun brachten ihn ein bisschen zerbrochenes Geschirr und ein Platzer an einem Billigfernseher so von der Rolle. Ich wurde nicht schlau aus ihm. Hinterm Tresen hatte ich gelernt, die Menschen in Gruppen zu unterteilen. Es gab die Ruhigen, es gab die, die Aufmerksamkeit suchten, es gab Typen, denen man manchmal etwas durchgehen ließ, damit sie keinen Ärger machten, und es gab die, die man unfreundlich behandeln musste, damit sie freundlich blieben. Ich wusste genau, wie ich mich wem gegenüber zu verhalten hatte, um das Gleichgewicht in der Kneipe zu bewahren. Bei Kalle kam ich einfach nicht dahinter. Das machte ihn besonders. Und es stellte eine Herausforderung dar. Ich wollte den Kalle vom See wiederhaben. Diesen unbeschwerten Was-kostet-die-Welt-Kalle. Mit ihm wollte ich nach Bratislava fahren.

Wir saßen noch eine ganze Weile auf dem Grünstreifen herum. Irgendwann lenkte ein größerer Laster auf den Parkplatz ein. Es war kein Viehtransporter, aber er hatte ein rumänisches Kennzeichen. Der Fahrer trug ein abgeranztes Basecap. Seine braungebrannten Wangen waren von Aknenarben übersät. Er lief mit festen geraden Schritten über den Asphalt, zwinkerte mir im Vorübergehen zu und verschwand dann zum Pinkeln hinter einem Gebüsch.

Auf dem Beifahrersitz des LKW saß niemand. Wahrscheinlich hockte Jano schon lange auf keinem Beifahrersitz mehr, sondern war bereits in Bratislava angekommen. Genügend Zeit hatte er ja. Ich spürte, dass auch ich nicht länger hier sitzen konnte. Ich wollte so schnell wie möglich nach Bratislava, zu Jano. Ich musste ihm beweisen, dass ich anders war als die Leute in unserer Kneipe und dass wir deshalb zusammengehörten. Wir mussten uns nicht verstecken. Nicht vor Hardy, nicht vor Großmutter Lucia, nicht vor uns selbst. Vor niemandem.

»Ich fahr' jetzt weiter«, sagte ich zu Kalle.

Wir standen auf.

KNÄCKEBROTLIED

Ich war lange nicht mehr selbst gefahren. Für die Kneipeneinkäufe besaßen wir zwar ein Auto, aber das hatte nach all den Jahren so viele Macken, dass sich nur noch Jano hinters Steuer traute, der technisch ein bisschen was auf dem Kasten hatte und im Notfall abgefallene oder durchgerissene Teile wieder fixieren konnte. Kalle hatte vorgeschlagen, erst einmal auf der Landstraße zu bleiben, weil der Bulli ohnehin nicht schneller als neunzig fuhr. Mir war das recht. So konnte ich mich langsam wieder an das Gefühl gewöhnen, einen Wagen zu steuern. Ich kuppelte, schaltete, lenkte und bremste mit größter Sorgfalt. Es klappte ganz gut, obwohl der Bulli viel größer war als unsere eigene Schrottkiste daheim.

»Ich fühle mich ein bisschen wie ein LKW-Fahrer«, sagte ich zu Kalle, »mir fehlen nur noch der CB-Funk und das Namensschild an der Scheibe.«

Kalle lächelte. Langsam schien er sich wieder zu fangen. Wir fuhren an Feldern, bewaldeten Hügeln, kleinen Dörfern, Löschteichen, bunt bewimpelten Gebrauchtwagencentern und heruntergekommenen Tierzuchtbaracken vorbei. Ab und zu tauchten Bushaltestellenhäuschen wie aus dem Nichts am Straßenrand auf. Ich fragte mich jedes Mal, wer hier wohl zustieg. Kalle kannte sich in der Gegend recht gut aus. Er sagte mir, an welcher Kreuzung ich abzubiegen hatte und wo ich einfach geradeaus fahren sollte. Wahrscheinlich war er beim Paketausfahren ziemlich viel herumgekommen.

Während wir ein Dorf nach dem anderen passierten, bewegte sich die Sonne langsam auf ihren höchsten Punkt zu. Kalle durchwühlte das Fach an der Beifahrertür nach einer passenden Kassette. Es dauerte eine Weile, bis er sich entschieden hatte. Als er das Band in den Player schob, ertönte Meeresrauschen und darüber, erst ganz leise, dann etwas lauter, das Spiel einer Gitarre.

»Das Knäckebrotlied!«, rief ich.

Kalle schaute mich fragend an. »Das ist ›Sittin' On the Dock Of the Bay‹.«

»Ja, eben«, sagte ich und drehte den Ton lauter. »Früher habe ich mir immer vorgestellt, dass eine fliegende Gitarre über den Wellen schwebt und langsam näher kommt. Den Song habe ich mit fünfzehn oft zusammen mit meinem Onkel Marek gehört, nachmittags nach der Schule. Im Spätsommer 1990, vielleicht war es auch schon Herbst. Ich hatte nicht mal mehr ein Jahr bis zu den Abschlussprüfungen und keine Ahnung, was ich danach machen wollte. Außerdem war eh alles im Umbruch. Marek arbeitete zu der Zeit schon verkürzt im Elektrizitätswerk. Es war abzusehen, dass ein großer Teil der Jobs dort wegfallen würde. Die Werksleitung hatte gewechselt. Die Aufgabenbereiche wurden verschoben. Alles veränderte sich. Marek und seine Kollegen räumten die Hälfte des neuen Bürogebäudes leer, in das sie erst zwanzig Monate zuvor mit großem Tamtam eingezogen waren. Niemand wusste genau, wer von ihnen gehen und wer bleiben würde. Eine ziemlich chaotische Situation.

Außerdem war es nur ein Dreivierteljahr her, dass sie die Grenzen aufgemacht hatten und wir für einen Tag nach Kassel gefahren waren, weil das am nächsten lag. Onkel Marek hatte sich in Kassel von seinen hundert Mark Begrüßungsgeld einen kleinen Kassettenrekorder gekauft, der auch mit Batterien funktionierte. Woher er die Kassette mit dem Lied hatte, weiß ich nicht. Auf jeden Fall sind wir mit dem Rekorder oft zusammen aufs Dach geklettert. Wir haben uns auf einen Vorsprung gesetzt, der ziemlich flach war und von dem man bis auf den Strottenheimer See blicken konnte. Wir haben jeden Nachmittag Kräuterquark und Knäckebrot gegessen und dazu Otis Redding gehört. Immer nur dieses eine Lied. Es ist traurig und unbeschwert zugleich. Das passte irgendwie zu uns.«

Der Song endete mit einem stetig leiser werdenden beschwingten Pfeifen. Kalle drückte auf die Stopptaste und spulte wieder zurück zum Anfang. Wir hörten wieder die Wellen und die darüber fliegende Gitarre. Dann setzte die Stimme ein, die viel älter klang, als der Mann, dem sie gehörte, je geworden war.

»Ich glaube, das Lied passt auch ziemlich gut zu mir«, sagte Kalle.

»Wahrscheinlich sitzen wir deshalb zusammen in diesem Auto«, entgegnete ich.

»Es ist also Schicksal, dass wir uns getroffen haben?«

»Für alles Esoterische ist bei uns meine Mutter zuständig.«

Kalle lächelte mir zu, strich mit der flachen Hand etwas Staub von der Ablage und pfiff den Song mit, noch bevor Otis Redding selbst wieder zu pfeifen begann.

Ich schaltete nach unten. Vor uns lag eine Anhöhe, die der Bulli sicher nicht im fünften Gang schaffte. Während wir die Straße hinauffuhren, veränderte sich das Geräusch des Motors. Der Wagen lief holpriger, und Kalle vermutete, dass ihm wohl der Sprit ausginge. Die Tankanzeige funktioniere zwar nicht mehr, aber er habe es immer im Gefühl, wenn es so weit sei. Ich fischte einen Fünfziger aus meiner Hosentasche und legte ihn auf das Armaturenbrett.

Wir tankten an der nächsten Tankstelle, und Kalle füllte gleich noch Öl und Kühlwasser nach. Der Wagen lief jetzt ruhiger. Ich atmete auf. Kalle wischte sich den Schweiß von der Stirn. Der Tag war deutlich wärmer als der vorige, und die Mittagssonne schien trotz der heruntergeklappten Blenden direkt in unsere Gesichter. Kalle hatte mir seine Pilotensonnenbrille überlassen, doch bei jeder noch so kleinen Bewegung des Wagens verrutschte sie ein Stück nach unten.

Kurz hinter dem Ortseingangsschild eines Dorfes namens Dölschitz begann das Auto stark zu ruckeln. Im Rückspiegel entdeckte ich, dass weißer Rauch aus dem Auspuff stieg. Ich parkte den Bulli am Straßenrand. Kalle stieg aus und öffnete die Motorhaube. Ich folgte ihm nach draußen. Ich hatte keine Ahnung von Autos, geschweige denn davon, wie es unter einer Motorhaube auszusehen hatte, doch die vielen Rostflecken waren ohne Frage kein gutes Zeichen. Außerdem schien der Motor ungewöhnlich heiß gelaufen zu sein. Dampf stieg auf.

»Und nun?«, fragte ich.

»Nun laufe ich los und suche nach einer Werkstatt hier in der Nähe. Bleib du ruhig beim Auto.«

Ich ging um den Wagen herum, öffnete die Hecktüren des Bullis und setzte mich auf die Ladefläche. Ein schwarzer Jeep kam die Straße entlanggefahren. Während er sich dem Bulli näherte, drosselte er die Geschwindigkeit. Schließlich parkte er direkt hinter mir. Der Mann, der zu dem Jeep gehörte, war groß, kräftig und trug eine blaue Arbeitshose. Er hatte eine hohe, breite Stirn, einen grauen Vollbart und weitstehende, auffällig helle Augen. Sein Gesicht hatte etwas Entschlossenes. Ich schätzte ihn auf Mitte fünfzig. Wie selbstverständlich ging er um den Bulli herum und beugte sich über den Motorraum.

»Das sieht nicht gut aus«, sagte der Mann. Er hatte eine ungewöhnlich laute, tiefe Stimme. Mit präzisem Schwung klappte er die Motorhaube zu und ging zurück zu seinem Wagen.

»Ich nehme an, dass Sie die paar Meter bis zu mir noch alleine schaffen. Ansonsten hätte ich auch ein Abschleppseil dabei.«

»Zu Ihnen?«, fragte ich.

»Zu wem sonst?«, fragte der Mann zurück und öffnete die Tür seines Jeeps. *Autowerkstatt Wolf in Dölschitz. Ihr PKW-Profi* stand in weißen Klebelettern darauf.

»Aber ich muss noch auf jemanden warten«, rief ich ihm hinterher. Herr Wolf startete seinen Wagen.

»Wir sind die einzige Werkstatt hier in der Gegend. Und meine Jungs haben bald Feierabend«, sagte er, während er an mir vorbeilenkte. Ich nickte und drehte den Schlüssel im Zündschloss. Das Auto hörte sich furchtbar an. Unter der Motorhaube dampfte es nach wie vor. Langsam fuhr ich die Hauptstraße entlang. Während ich lenkte, schaute ich mich nach Kalle um. Als Herr Wolf blinkte und in eine Hofeinfahrt einbog, hatte ich ihn noch immer nicht gesehen.

»Der Dampf gefällt mir gar nicht«, sagte Herr Wolf, nachdem er mich in die Werkstattgarage dirigiert hatte. Ich stieg aus dem Wagen.

»Milla Enders«, stellte ich mich vor und streckte ihm die Hand entgegen.

»Angenehm, Wolf«, sagte er und machte die Autotür hinter mir zu. Während er zwei junge glatzköpfige Typen in blauen Overalls anwies, den Bulli genauer zu untersuchen, bog Kalle plötzlich durch das Werkstatttor. Ich winkte ihn zu uns.

»Es ist wohl der Zylinderkopf«, sagte Herr Wolf so laut, dass Kalle ihn aus der Entfernung schon hören konnte.

»Und das bedeutet?«, fragte ich.

»Dass wir mindestens einen halben Tag brauchen werden. Vielleicht sogar länger.«

»Und wie viel wird es kosten?«

»So um die dreihundertfünfzig. Aber heute wird das eh nichts mehr.«

Damit hatten wir nicht gerechnet. Kalle verzog das Gesicht. Ich seufzte.

»Sie brauchen sicher eine Übernachtung«, überlegte Herr Wolf laut. Wir folgten ihm in sein Büro. Er zeigte mit einer kurzen Handbewegung auf zwei Stühle und griff zum Telefon. Während er mit der Person am anderen Ende der Leitung sprach, schaute mich Kalle unruhig an. Er hatte nicht Platz genommen, sondern stand immer noch mitten im Raum.

»Wartest du kurz hier?«, flüsterte er und verschwand nach draußen. Durch das Fenster hinter dem Schreibtisch sah ich, wie er in die Garage zurückging. Nach einer Weile legte Herr Wolf den Telefonhörer auf. Er sah zufrieden aus.

»Fünfundzwanzig Mark für das Doppelzimmer, das kriegen Sie hier sonst nirgendwo«, sagte er und zeigte mir den Weg zur Pension durch das Bürofenster.

Ich dankte ihm und ging nach draußen. Kalle kam mir mit meinem Rucksack entgegen.

»Den hätten wir beinah vergessen«, murmelte er.

ZUM ROTEN HECHT

Die Pension *Zum Roten Hecht* war ein ockerfarben verklinkertes Haus mit Spitzdach. Das Grundstück machte einen sehr gepflegten Eindruck. Überall auf dem Hof standen dekorative weinrote Blumenkübel herum. Im Vorgarten blubberte ein künstlicher Teich. Selbst das Pflaster der Einfahrt leuchtete so hell, als sei es gerade erst verlegt worden. Die Gaststube war noch verschlossen. Wir gingen ein Stück um das Haus herum und klingelten an einer Seitentür. *Konrad und Marion Hecht* stand in verschlungener Schrift auf einem Messingschild. Eine Frau mit rotgetönten Korkenzieherlocken öffnete uns. Sie hatte eine seltsam unproportionierte Figur. Ihr eher schmaler Oberkörper mündete in überaus kräftigen Hüften und noch viel breiteren Schenkeln. Ihre ganze Erscheinung erinnerte mich an eine Blumenvase. Ihr rotes Kaltwellenhaar war das Gewächs, das wild oben aus dem Vasenhals herausragte.

»Sie kommen von der Autowerkstatt?«, fragte die Blumenvase.

Wir nickten.

»Na, dann zeig' ich Ihnen mal Ihr Zimmer.«

Frau Hechts Stimme hatte etwas rauchig Bestimmtes. Es war das Organ einer Frau, die schon einige Jahre hinter dem Tresen verbracht hatte. »Das ist dein letztes Bier für heute!«, konnte diese Stimme zu einem breitschultrigen Zwei-Zentner-Mann sagen, und der breitschultrige Zwei-Zentner-Mann würde nicht widersprechen.

Unser Fünfundzwanzig-Mark-Doppelzimmer lag im oberen Geschoss des Hauses und war so klein, dass das Doppelbett gerade so hineinpasste.

»Das Bad finden Sie im Flur, die zweite Tür links«, erklärte Frau Hecht. »Richten Sie sich erst mal ein, dann machen wir den ganzen Papierkram.«

Wir dankten ihr, und sie verschwand nach unten.

»Gemütlich«, sagte Kalle, grinste mich an und warf sich aufs Bett.

»Nicht unbedingt was für Leute, die unter Platzangst leiden.«

»Leidest du?«

Ich schüttelte den Kopf und legte mich zu ihm auf die Matratze. Hier würden wir heute Nacht also schlafen. Für einen Moment schloss ich die Augen, lehnte mich an Kalles Schulter, dann fiel mir der Bulli wieder ein. Ich kramte mein Portemonnaie aus der Tasche. Fünfzig Mark hatte ich schon fürs Tanken ausgegeben. Jetzt blieben mir noch knapp zweihundert übrig.

»Mein Geld reicht definitiv nicht, um die Reparatur zu bezahlen.«

Kalle setzte sich auf und lehnte sich mit dem Rücken gegen die Raufasertapete über unserem Doppelbett.

»Es ist mein Auto, natürlich treibe ich das Geld dafür auf. Das ist kein Problem.«

Die Art, wie er »Das ist kein Problem« sagte, machte mich stutzig. Vielleicht war es der Klang seiner Stimme, vielleicht die Schnelligkeit, mit der er die Worte zwischen seinen Lippen hindurchpresste. Ich nahm ihm nicht ab, dass es so einfach war, wie er vorgab. Trotzdem hakte ich nicht weiter nach.

»Ich gebe dir auf jeden Fall was dazu«, erklärte ich, zog meinen Rucksack zu mir und fand eine Packung Erdnüsse darin. Wir hatten den ganzen Tag fast nichts gegessen. Ich riss die Tüte auf und reichte sie Kalle. Wir machten uns nicht die Mühe, die Nüsse einzeln aufzupicken, sondern schütteten sie aus der Packung direkt in unsere Münder. Als die Tüte leer war, las Kalle noch ein paar verirrte Erdnüsse von meinem Oberschenkel auf. Es kitzelte.

»Was machst du da?«, fragte ich.

»Ich ernte«, entgegnete er.

»Sind Sie so weit?«, rief die Blumenvase durch den Flur. Sie ging mir jetzt schon auf die Nerven.

Kalle erhob sich vom Bett, ich folgte ihm lustlos. Als wir nach unten kamen, stand Frau Hecht in der inzwischen geöffneten Gaststube und schob mir ein Gästekärtchen zum Ausfüllen über den Tresen. Ich schaute mich um.

Das Restaurant *Zum Roten Hecht* sah genau wie das ganze Haus frisch renoviert aus. Der Boden war hell gefliest. An den Wänden klebte eine ockerfarbene Strukturtapete. Das dunkle Holz der Tische war mit dem der Bar abgestimmt. Die Stühle trugen weinrote Überzüge, die Fenster umrahmten mittig geraffte, ebenfalls weinrote Vorhänge. An der linken Seite des Raums war ein großes Aquarium in eine Trennwand eingelassen.

»Schöne Barben haben Sie da. Solche hatte ich auch mal«, erklärte Kalle, »aber das ist schon eine ganze Weile her.«

Frau Hecht verlor für einen Moment ihr kühles Thekenfrauengesicht. Ihr Lächeln legte sehr viel Zahnfleisch frei.

»Die Küche ist jetzt übrigens geöffnet«, erklärte sie. Ihre rauchige Stimme hatte einen weicheren Klang angenommen. »Ich empfehle besonders das Schnitzel mit Pilzen oder die Rindsroulade, die ist heute Gericht des Tages.«

»Schnitzel mit Pilzen klingt großartig«, sagte Kalle, und Frau Hecht führte ihn zielstrebig an einen Tisch am Fenster. Dass ich ebenfalls im Raum war, spielte offensichtlich keine Rolle mehr. Zögerlich folgte ich den beiden. Ich überlegte, wie alt Frau Hecht wohl sein mochte. Anfang vierzig vielleicht.

Ich setzte mich Kalle gegenüber.

»Darf es schon etwas an Getränken sein?«, fragte die Blumenvase, ohne mich dabei anzuschauen. Ihr Blick blieb auf Kalle gerichtet, auf sein Gesicht, seine Schultern, seine Arme, seine Brust. Ob sie alle ihre männlichen Gäste so ansah? Vermutlich nicht. Ich begann, Frau Hechts Blicken mit meinen Augen zu folgen, und überlegte, was eine Frau, die Kalle nicht am Bahndamm kennengelernt hatte, wohl so von ihm hielt. Kalle war niemand, der in einer Menschenmenge besonders auffiel. Er war nicht sonderlich groß und in seinem runden Gesicht fanden sich, bis auf die schnurgeraden Augenbrauen, kaum markante Züge. Von der Statur her war er eher kräftig. Er hatte einen kleinen Bauchansatz, seine Schultern sahen breit und füllig aus. Er war ganz anders als Jano, bei dem sich jeder Muskel und jede Ader unter der dünnen Haut abzeichneten. Trotzdem wirkte Kalle nicht dick, eher kompakt und stabil. Eine angenehm männliche Figur. Was mir gefiel, war seine Hautfarbe. Sie hatte diesen besonderen ockerfarbenen Ton, der ziemlich ungewöhnlich für Menschen mit rotblondem Haar war. Wahrscheinlich mochte Frau Hecht Kalles Hautfarbe auch, denn sein Teint passte zweifelsohne hervorragend zu ihrer Strukturtapete und den Klinkersteinen draußen am Haus.

Kalle bestellte ein großes Pils. »Und was nimmst du?«, fragte er mich. Ich zuckte mit den Schultern und bat Frau Hecht um die Karte. Die Blumenvase ging davon und kehrte mit zwei aufwendig gebundenen Menümappen zurück.

»Bleibt es beim Schnitzel?«, fragte sie Kalle. Er nickte. Ich konnte mich nicht so schnell entscheiden. Unschlüssig blätterte ich die Seiten durch. Fast jedes Gericht kostete über zehn Mark. Das würde bei uns in Strottenheim niemand zahlen.

»Lassen Sie sich ruhig Zeit«, sagte Frau Hecht, drehte auf dem Absatz um und ging zurück zum Tresen.

Ich schaute mich in der Wirtsstube um. Zwei Männer hatten rechts von uns an einem größeren Tisch Platz genommen. Sie trugen helle Hemden und kurze Hosen. Ihre Gesichter waren leicht gebräunt und ihre Schnauzbärte sauber gestutzt. Es war eine andere Art Männer als die, die in unserer Kneipe herumsaß.

»Wir müssen aufpassen, was wir ausgeben«, sagte ich zu Kalle, »sonst kommen wir nie nach Bratislava.«

»Ich hab' doch gesagt, dass ich morgen noch Geld besorge.«

Aus dem Augenwinkel entdeckte ich, dass Frau Hecht schon wieder auf uns zusteuerte. Sie servierte Kalles Bier. Ich bestellte eine kleine Tomatensuppe und ein Glas Mineralwasser – das Billigste, was ich auf der Karte finden konnte. Frau Hecht notierte meine Bestellung leicht abschätzig, dann lächelte sie wieder in Kalles Richtung. Langsam ging mir ihr unverhohlenes Geflirte gegen den Strich. Noch mehr ärgerte es mich, dass Kalle auch noch darauf einstieg.

Kalle und Frau Hecht begannen von neuem, über Aquarien zu reden. Sie vertieften sich in ein Gespräch über Sauerstoffpumpen. Dabei beugte sich die Blumenvase so weit zu Kalle hinunter, dass er ihr direkt in den Ausschnitt schauen konnte.

»Da kommt Kundschaft«, sagte ich laut, als drei Männer in Sportkleidung das Lokal betraten.

»Das sind die Männer vom Verein. Die kommen immer nach dem Training her. Der Sportplatz ist gleich hinterm Haus.«

Alles in mir drin fühlte sich plötzlich klebrig und zugeschnürt an. Auch noch eine verdammte Sportplatzkneipe, dachte ich und hätte am liebsten gegen die saubere Strukturtapete getreten. Stattdessen stand ich auf, knallte fünfzehn Mark auf den Tisch und ging nach draußen.

Kalle folgte mir nach kurzem Zögern.

»Was rennst du denn plötzlich raus? Unser Essen kommt gleich!«

Ich warf ihm einen wütenden Blick zu.

»Weil es verdammter Bockmist ist, wie es hier läuft! Ich nehme alles Geld aus der Kasse, fahre den ganzen Tag in der größten Hitze durch die Kante, um Jano zu finden. Und noch nicht mal an der Grenze macht der Wagen schlapp, und ich hänge wieder fest – und zwar ausgerechnet in einer beschissenen Sportplatzkneipe! Da pack' ich einmal was an, und alles geht nach hinten los!«

Mit aller Kraft trat ich gegen einen Mülleimer. Meine Zehen schmerzten in meinen Turnschuhen.

»Außerdem habe ich das Gefühl, dass wir plötzlich die Kontrolle über unsere Reise abgegeben haben. Erst hat uns Herr Wolf hier einfach einquartiert, und jetzt sitzen wir in dieser sauteuren Schickimickikneipe fest, wo dich eine dämliche Tussi die ganze Zeit so offensichtlich anbaggert, dass einem schon vom Zugucken schlecht wird.«

»Du bist eifersüchtig«, grinste Kalle.

»Hättest du wohl gern«, fuhr ich ihn an, während ich dem Mülleimer noch einen kurzen kräftigen Stoß gab.

»Wollen wir vielleicht eine Runde drehen? Zur Entspannung«, schlug Kalle vor.

»Das ändert auch nichts.«

»Ich weiß«, sagte Kalle, nahm meine Hand und zog mich vom Mülleimer fort.

VERSANDMANNS STORY

Wir liefen die Straße ein ganzes Stück hinunter, bogen nach rechts ab und gelangten schließlich auf eine kleine Kreuzung mit Bushaltestelle.

»Lass uns hier mal kurz hinsetzen«, bat ich. Der Fuß, mit dem ich gegen den Mülleimer getreten hatte, tat immer noch weh.

»Es tut mir leid«, sagte Kalle.

»Was denn, du kannst ja nichts dafür, dass dich die Frau so angräbt.«

»Das mit dem Bulli tut mir leid. Ich wollte ja auch nicht hier festhängen.«

Ich schaute hinunter auf den Haltestellenboden, sah graue, festgetretene Kaugummis, Zigarettenstummel und eingetrocknete Spuckepfützen. Das Wartehäuschen war mir wesentlich lieber als der *Rote Hecht* mit seinen feinen Blumenkübeln und den gerafften Vorhängen. Kalle schob mit dem Fuß einen gelben Plastikflaschendeckel hin und her. Schließlich schoss er das Ding einfach quer über die Straße. Es blieb in der Mitte der Kreuzung liegen.

»Weißt du, bei mir ist es so, dass ich immer alles verkacke, was ich anpacke. Ist irgendwie mein Schicksal. Schon den banalsten Scheiß krieg ich nicht auf die Reihe. Zum Beispiel das mit den blöden Paketen.«

»Die, die noch hinten auf der Ladefläche sind?«

»Ja, die und noch andere.« Kalle fuhr sich mit der flachen Hand über den Hinterkopf. »Ich habe die Waren jahrelang immer bei uns in der Dispo abgeholt, sie in den Bulli geladen und bin dann die jeweilige Strecke abgefahren. Ich dachte eine ganze Zeitlang, dass es endlich mal bei mir laufen würde. Ich hatte einen Job, zwar nicht besonders gut bezahlt, aber es gefiel mir, den ganzen Tag herumzufahren, ohne jemanden zu haben, der mich ständig beobachtete oder meine Pausenzeiten aufschrieb. Ich hatte einfach meine Ruhe. Dann, eines Tages, hat es angefangen. Ich weiß nicht genau, wie es kam, jedenfalls habe ich mich mit einem Mal nicht mehr getraut, bei den Leuten zu klingeln. Ich habe in der jeweiligen Straße das Tempo gedrosselt und den Wagen vor der richtigen Nummer angehalten. Doch plötzlich hatte ich Angst davor, auszusteigen und auf den Klingelknopf zu drücken. Ich weiß, es klingt total verrückt, aber es ging einfach nicht mehr. Ich fing schon an zu schwitzen, wenn ich nur den Griff der Wagentür anfasste. Sobald ich einen Fuß aus dem Auto setzte, blieb mir die Luft weg. Bis vor den Hauseingang zu laufen, war unmöglich. Ich habe die ganze Tour gemacht, habe es bei jeder Adresse aufs Neue probiert. In manchen Häusern wohnten auch Kunden, die ich über Jahre kannte, doch jedes Mal war es das Gleiche. Abends bin ich mit den Paketen im Bulli zu mir nach Hause gefahren. Ich habe das ganze Zeug ausgeladen, bei mir ins Wohnzimmer gestellt und mich schlafen gelegt. Wenn ich nur genügend Schlaf kriege, dachte ich, löst sich das alles von alleine. Am nächsten Morgen bin ich wieder zur Dispo rausgefahren und habe neue Pakete geholt. Obwohl ich fast zwölf Stunden geschlafen hatte, bin ich wieder die gesamte Strecke abgefahren, ohne auszusteigen. So ging das zwei, drei Wochen. Irgendwann wurden die vom Versand misstrauisch. Ich wurde ins Büro gerufen. Einige Kunden hatten sich wohl schon beschwert, dass ihre Pakete immer noch nicht angekommen waren. Beim Schichtleiter habe ich mich damit herausgeredet, dass immer niemand zu Hause war. Ich versprach ihm, die Pakete so schnell wie möglich auszuliefern, auch wenn ich dafür Überstunden machen müsste. Am nächsten Tag habe ich mich krankgemeldet. Ich habe das Telefonkabel aus der Dose gezogen und die Türklingel ausgestellt. Es war ein ziemlich beschissenes Gefühl, das ich dabei hatte. Ich saß zu Hause zwischen all den Paketen und wusste nicht, was ich machen sollte. Ich fühlte mich wie gelähmt. Irgendwann habe ich einfach angefangen, die Dinger zu öffnen. Im ersten Paket waren zwei kleine Teppiche mit Fransen an der Seite. Ich habe einen in den Flur und den anderen vor mein Sofa gelegt. Im nächsten Päckchen war bunte Bettwäsche, die ich einfach über meine eigenen Laken zog. In den nächsten Paketen, die ich öffnete, fand ich einen Videorekorder, verschiedene andere Elektrogeräte und eine ganze Menge Klamotten. Ich habe den Rekorder neben meinen Fernseher gestellt und in Betrieb genommen, selbst das andere Zeug, den Mixer, den Fön und eine Maschine, mit der man Kaffeebohnen malen konnte, habe ich an die Steckdose angeschlossen und einfach laufenlassen. Die Klamotten habe ich auch anprobiert. Ich versuchte, mich dabei so zu fühlen wie die Leute, die sich das Zeug bestellt hatten. Ich fragte mich, was ein Mann so übers Leben denkt, der sich gerade einen neuen beigefarbenen Sommerblouson gekauft hat. Wie wacht der morgens auf? Wie schläft der abends ein? Ich überlegte, ob diese Leute glücklich waren.

Je länger ich darüber nachdachte, desto sicherer war ich mir. Diese Sachen waren von Menschen geordert worden, die in Wohnungen mit gemütlichen Couches und Essecken lebten. In deren Regalen Andenken standen von den Reisen, die sie unternommen hatten, und in deren Küchen es noch nach Gulasch vom Mittagessen roch. Die neuen Teppiche, Bettlaken, Mixer, Föne und Videorekorder sollten nur dazu beitragen, dass es sich in ihren Wohnungen noch besser wohnen ließ. Noch schöner, noch praktischer, noch gemütlicher. Ich hoffte, dass mit all den Dingen, die diese Menschen ausgesucht hatten, auch ein anderes Gefühl in mein Leben kommen würde. Ohne Frage sah es bei mir zu Hause besser aus mit den Teppichen und den bunten Laken. Doch die Tage vergingen, und an meiner Stimmung änderte das alles nichts. Es war nur eine geborgte Gemütlichkeit, eine, die nicht zu mir gehörte und deshalb kalt und still war. Ich konnte ihre Stille unter jedem kreischenden Elektrogerät hindurchhören. Manchmal war sie so unerträglich, dass ich mir die Ohren zuhielt und die Augen fest zusammenkniff. Dann dachte ich an Großmutter und das alte Haus in Beesdorf. Großmutter hatte keine bunten Laken besessen. Ihre Möbel waren schwer und aus dunklem Holz gewesen. Sie stammten aus einer anderen Zeit, aber sie schwiegen nicht.

Eines Nachmittags klopfte jemand an meine Wohnungstür. Es war Herr Stephan aus der Dispo. Eigentlich kein übler Typ. Wahrscheinlich hatten sie ihn geschickt, weil er den besten Draht zu mir hatte. Er rief durch die Tür, dass er wüsste, dass ich da drin sei, und dass ich aufmachen solle. Es sei doch alles gar nicht so schlimm.

Ich habe mir ein Paar Kopfhörer aufgesetzt, die auch in einem der Pakete gewesen waren, und so lange gewartet, bis das Klopfen an der Tür verstummte. Ich wusste, dass es so nicht weitergehen konnte. Ich wollte aber auch nicht zurück ins Paketzentrum, schon wegen des ganzen Geredes nicht und den Blicken, die die anderen auf mich werfen würden, wenn ich ihnen den Rücken zudrehte. Ich schämte mich schrecklich. Das Gefühl war so stark, dass ich mich kaum noch bewegen konnte. Ich lag auf dem Wohnzimmerteppich und starrte an die Decke, stundenlang. Dabei wurde mir bewusst, dass ich mich eigentlich schon mein ganzes Leben lang geschämt hatte: dafür, dass meine Mutter meine ganze Kindheit über nicht da gewesen war; dafür, dass ich der Einzige in der Klasse war, dessen Großmutter zu den Elternabenden kam; dafür, dass meine Großmutter immer ihre alte Strickjacke trug, die an den Armen Löcher hatte; dafür, dass ich jede meiner Ausbildungen abgebrochen hatte, und dafür, dass ich es besser gefunden hatte, in einer Therapiegruppe zu wohnen als in meinen eigenen vier Wänden. Während ich so auf dem Boden lag, verstand ich, dass all die Sachen, für die ich mich schämte, eine Kette bildeten, die mein ganzes Leben durchzog und die niemals enden würde. Eine extra dicke Loser-Kette. Wenn ich die durchbrechen wollte, konnte ich nur komplett aussteigen.«

»Und dann hast du beschlossen, dich in Strottenheim vor den Zug zu werfen?«

Kalle fuhr sich wieder mit der Hand über den Haaransatz im Nacken.

»Im Prinzip ist man schon tot, wenn man sich dazu entscheidet, sich umzubringen. Man ist schon Hunderte Male vorher im Kopf gestorben. Eigentlich war ich schon gar nicht mehr in dieser Welt, als ich zu euch in die Kneipe kam, sondern irgendwo dazwischen.«

Ich erinnerte mich an Kalles vollkommen regungsloses Gesicht im Licht der Bahnscheinwerfer.

»Gut, dass ich damals da gewesen bin«, sagte ich und fuhr mit zwei Fingern vorsichtig die Linie seines Unterarms ab.

Kalle nickte, schwieg und starrte auf den gelben Plastikflaschendeckel, der immer noch in der Mitte der Kreuzung lag.

AUTOKINO

Ein roter, tiefergelegter Corsa fuhr an uns vorbei. Ein junges Pärchen saß darin. Der Typ musste gerade erst den Führerschein gemacht haben. Sein Gesicht war noch bartlos und völlig verpickelt. Ich lehnte meinen Kopf an Kalles Schulter.

»Wir sollten heute Abend was unternehmen.«

Ein weiteres Auto kam an uns vorbei. Diesmal saßen zwei junge Pärchen darin.

»Anscheinend ist hier irgendwo noch was los.«

Kalle erhob sich und ging zu einer Aushängetafel, die neben dem Bushäuschen stand und die ich bisher nicht weiter beachtet hatte. In Strottenheim gab es auch so ein Ding. Es war aber nicht mehr wirklich in Benutzung. Seit fast drei Jahren stand da etwas von einem Grillfest in der Gartenanlage. Doch das Grillfest war damals wegen eines kräftigen Sommergewitters abgesagt und seither nicht wiederholt worden.

»Autokino«, sagte Kalle und tippte gegen die Glasscheibe des Aushängekastens. Hinter seinem Finger leuchtete ein hellblaues Blatt Papier.

Wir beschlossen, einfach in die Richtung zu gehen, in die die zwei Autos gefahren waren. Dabei kamen wir an der Werkstatt vorbei. Wir sahen den Bulli durch die Fenster der

Garagentür. Ich musste Kalle vom Tor wegziehen, damit er nicht davor stehen blieb.

»Morgen haben wir ihn ja wieder«, sagte ich.

Kalle nickte stumm.

Dölschitz war nicht besonders groß. Wir liefen keine fünf Minuten weiter die Hauptstraße hinunter und schon hatten wir den Ortsausgang erreicht. Dort fanden wir einen umzäunten Parkplatz mit Kassenhäuschen. Eine Kinoleinwand war von außen nicht zu erkennen, aber am Einlass hing ein Plakat von einer Gangsterkomödie. Wir schauten auf den Programmplan. In einer Viertelstunde sollte die Vorführung losgehen.

»Für ein Autokino brauchen wir aber ein Auto«, bemerkte ich.

Kalle nickte, lief zum Kassenfenster und begann sich mit dem Typen dahinter zu unterhalten. Ich konnte nicht verstehen, was sie genau sagten, aber sie redeten eine ganze Weile. Schließlich kramte Kalle sein Portemonnaie hervor und zahlte. Der Mann gab ihm zwei Karten raus, Kalle winkte mich zu sich.

»Und jetzt?«, fragte ich, als wir auf dem Kinoparkplatz standen. Vor uns befanden sich etwa zehn, fünfzehn Wagen, alle zur Leinwand ausgerichtet. Wir hörten das Knacken eines Lautsprechers: »Hallooooo liebe Autokinobesucher«, sagte jemand in dem gleichen Singsang, der auch immer an Jahrmarktkarussells zu hören war, »wir haben heute Abend zwei Menschen hier, deren Karre in der Werkstatt festhängt. Würde jemand von euch da draußen so nett sein und sie mit auf die Rückbank nehmen?«

Ich sah, wie die Leute sich in ihren Autos nach uns umdrehten, und wollte vor Scham fast in den Boden versinken. Was für eine bescheuerte Idee! Um Rückbankplätze betteln. Eine unangenehme Stille trat ein. Ich spürte, wie zwei Dutzend Augenpaare an uns klebten und darauf warteten, dass etwas passierte.

»Lass uns hier verschwinden«, flüsterte ich Kalle zu. Da öffnete sich eine Autotür.

»Ihr könnt zu uns kommen!«, rief eine Frau aus einem alten Volvo.

Kalle nahm mich an der Hand und zog mich mit. Wir ließen uns auf der Rückbank des Wagens nieder. Der Mann auf dem Beifahrersitz drehte sich zu uns um. »Ich bin der Rainer«, sagte er mit gerolltem »R«. Rainer trug eine schmale Kappe auf dem Kopf. Sie war aus orangefarbenem Stoff und ganz gerade geschnitten. Ich konnte mir vorstellen, dass Leute in Indien so etwas trugen. Die Frau stellte sich als Renate vor. Ebenfalls mit gerolltem »R«. Sie war etwa in Rainers Alter, Mitte fünfzig, und hatte langes, leicht gewelltes Haar, das halb blond und halb grau war. Während sie meine Hand schüttelte, klapperten ihre Holzarmreifen.

»Und Sie sind aus Bayern?«, fragte Kalle.

»Aus Franken«, sagte Rainer, »und ihr?«

»Wir sind auf der Durchreise. Wir wollen nach Bratislava.«

»Inspirierende Stadt«, antwortete Rainer und griff in einen grob geflochtenen Korb, der zu seinen Füßen stand. Er holte ein Holzbrett, ein Messer und eine Salami daraus hervor. Ruhig schnitt er ein dickes Stück Wurst ab und aß es gleich mit der Pelle.

»Die ist direkt vom Bauern ganz hier in der Nähe«, sagte er kauend. »Wollt ihr probieren?«

Renate zeigte über unsere Schultern. »Wir haben auch noch Brot in der Hutablage liegen – und Kerbel, wenn ihr was Frisches dazu wollt.«

Ich hatte keine Ahnung, was Kerbel war. Kalle griff hinter sich nach dem Brot und nach etwas, das in ein Geschirrhandtuch eingewickelt war. Er packte das grüne petersilienartige Gewächs auf seinen Knien aus. Während wir unsere Salamibrote damit garnierten, sprang Renate aus dem Wagen. Sie ging zum Kofferraum und kam mit zwei Flaschen Rotwein zurück.

»Den hätten wir beinah vergessen!«

Rainer holte zwei seltsam verformte Keramikbecher aus dem Korb zu seinen Füßen. Einen behielt er vorn bei sich, den anderen gab er zu uns nach hinten.

»Auf Bratislava«, sagte er, prostete uns zu und trank einen großen Schluck Wein aus dem selbstgetöpferten Becher.

Während Kalle mir unseren Becher reichte, begann der Film. Man musste eine bestimmte Frequenz im Autoradio einstellen, damit man ihn hörte. Ich lehnte meinen Kopf zur Mitte, damit ich zwischen den Vordersitzen hindurchgucken konnte. Kalle hatte die gleiche Idee. Wir versuchten, eine Position zu finden, die einigermaßen bequem war und in der wir beide auf die Leinwand schauen konnten. Immer wieder schoben wir unsere Köpfe hin und her. Er nach oben, ich nach unten, ich nach vorne, er nach hinten. Schließlich legte Kalle den Arm um mich, und wir schauten den Film Wange an Wange. Ich spürte Kalles dichte rotblonde Bartstoppeln auf meiner Haut. Kalle roch nach Sommer, nach Auto und nach dem roten Sand des Tagebausees. Sein Arm lag warm auf meiner Schulter. Ich hatte das Gefühl, von ihm eingehüllt zu sein.

Während des Films strich Renate über Rainers Brust. Er legte seine Hand auf ihren Oberschenkel. Immer wieder schauten sie sich an. Ich fühlte mich ein bisschen wie ein Spanner, während ich die beiden beobachtete.

»Wollt ihr einen mitrauchen?«, rief Renate nach hinten, ohne sich umzudrehen. Sie lächelte Rainer zu, und Rainer holte große Blättchen und ein ledernes Tabaktäschchen aus seinem Korb. Routiniert baute er einen ansehnlichen Joint zusammen. »Der Film ist ganz schön lahm«, sagte er dabei. Kalle und ich widersprachen ihm nicht. »Wenn keiner was dagegen hat, dann mache ich jetzt einfach mal Musik an«, schlug Renate vor. Niemand hatte etwas dagegen.

Renate schob eine Kassette mit entspannter Hippiemusik ein. Wir schauten dazu auf die stumme Leinwand, tranken Wein und reichten den Joint rum.

»Wisst ihr, was ich am Osten am meisten mag?«, fragte Renate, während sie sich mit dem Rücken zur Fahrertür drehte und die Beine auf Rainers Schoß legte. »Ich mag dieses Dschungelige hier.«

»Den Wald?«, murmelte Kalle.

»Nein, ich meine dieses Wilde, Unbestimmte, dieses Dazwischensein.«

Kalle und ich schauten uns fragend an.

»Wisst ihr, schon in ein paar Jahren wird sich wieder alles geordnet haben, die eine Hälfte der Häuser wird renoviert sein, die andere Hälfte abgerissen. Alles wird seinen festen Platz haben, seinen bestimmten Grund – aber jetzt ist es noch anders. Jetzt stehen da alte ungenutzte Fabrikgebäude. Es gibt so viel Fläche, für die sich keiner interessiert und auf der man sich austoben könnte.« Sie nahm einen tiefen Zug und schaute zu uns nach hinten. »Stimmt doch, oder?«

Ich dachte an das leerstehende Bürogebäude, in dem Onkel Marek einst gearbeitet hatte. Einmal war ich dort mit Jano hineingeklettert. Wir hatten uns berührt, so wie sonst bei Hardy auf der Couch. Seltsamerweise suchten wir uns immer Orte aus, an denen wir eigentlich nichts zu suchen hatten, um uns näherzukommen.

»Man kann es so sehen«, sagte Kalle, und Rainer und Renate begannen darüber zu diskutieren, ob Leere eine Grundvoraussetzung für Freiheit war oder ob Freiheit eher darin bestand, aus einer Fülle von Dingen auswählen zu können. Weil ihre Unterhaltung zu keinem Ergebnis führte, drehten sie eine zweite Tüte. Kalle und ich zogen nacheinander daran. Wir saßen immer noch Wange an Wange da, verschmolzen irgendwie. Mit jedem Zug ein wenig mehr.

»Wie habt ihr euch kennengelernt?«, fragte ich, während ich den Joint wieder nach vorne reichte.

»In Norwegen«, sagte Rainer.

Renate grinste. »Es hatte eine Woche lang nur geregnet, und ich war mit einer Freundin im Zelt unterwegs. Eigentlich wollten wir schon abbrechen, dann habe ich durch Zufall Rainer getroffen.«

»Meine Mutter ist Norwegerin, ich war früher fast jeden Sommer dort«, klinkte Rainer sich wieder ein.

»Norwegen«, sagte Kalle begeistert.

»Und ihr?«, fragte Renate, »wie habt ihr euch kennengelernt?«

Kalle kicherte, wie man nur kicherte, wenn man Gras geraucht hatte.

»Milla hat mich davor bewahrt, dass ich mich vor einen Zug werfe.«

»Wie bitte?«, fragte Renate und begann ebenfalls entrückt zu kichern. Sie drehte den Kopf zu mir.

Ich seufzte.

»Ich bin über das Gleisbett gestolpert, auf dem Kalle gerade draufstand. Es war eher so eine unabsichtliche Sache.«

Rainer prustete los, gleichzeitig schüttelte er den Kopf.

»Auf die Unabsichtlichkeit!«, rief Renate und prostete erst uns und dann der Welt durch das geöffnete Dachfenster ihres Volvos zu. Rainer drehte die Musik lauter. Das Pärchen aus dem Nachbarauto schaute argwöhnisch zu uns herüber. Wie winkten den beiden zu und sangen lauthals den Refrain des Songs mit, der gerade lief.

Später brachten uns Rainer und Renate noch zurück in den *Roten Hecht*. Sie hatten die Plätze gewechselt. Rainer saß nun hinterm Steuer und Renate auf dem Beifahrersitz. Innerhalb weniger Minuten war sie eingeschlafen. Auch Kalle sah ziemlich müde aus.

»Ich glaube, ihr seid die verrücktesten zwei, die wir in letzter Zeit getroffen haben«, sagte Rainer und umarmte mich zum Abschied. Ich spürte den Stoff seines orangefarbenen Käppis an meiner Schläfe.

»Danke für die Rückbankplätze. Und für alles andere«, erwiderte ich.

Dann fuhr der Volvo davon.

SÄUFERSONNE

In der Gaststube brannte noch Licht. Die Tische hatten sich bereits geleert, doch um die Bar herum saß noch ein gutes Dutzend Leute. Wir nahmen die Seitentür und stiegen die Treppe zu unserem Zimmer hinauf. Die Luft in dem kleinen Raum war drückend und stickig. Kalle kletterte übers Bett und öffnete das Fenster. Ich nahm meine Zahnbürste und ging durch den Flur zum Bad. Der Waschraum war fast geräumiger als unser Doppelzimmer. Auch hier war alles sauber, neu und den Farben des Hauses entsprechend. Ein Zierfliesenstreifen, die Handtücher und der kleine Mülleimer waren weinrot, der Boden ockergelb. Ich drehte das Wasser auf und stellte mich unter den breiten, gleichmäßigen Strahl, der aus einem Brausekopf kam, der fast so groß war wie eine Frisbeescheibe. Während mir das Wasser über Schultern, Rücken und Beine rann, dachte ich daran, dass es das erste Mal war, dass ich in einer Pension übernachtete. Im Juli oder August, wenn alle anderen Urlaub machten, hatten wir die Kneipe meist durchgehend geöffnet. Tagsüber kamen die Vatis vorbei, die mit ihren Familien im Strottenheimer See baden gingen und sich und ihren Kleinen nach der ganzen Planscherei mal eine Bockwurst genehmigen wollten. Abends kamen die üblichen Verdächtigen aus dem Sportverein plus die, die den Sommer in ihren Schrebergartenlauben verbrachten und es mit ihren Frauen auf so engem Raum nicht den ganzen Tag aushielten. Meist schoben sie vor, ein Päckchen Zigaretten holen zu wollen. Doch dann blieben sie gleich drei, vier Stunden und brachten ihren Laubendamen später aus schlechtem Gewissen Langnese-Eis mit. Am besten ließen sich wütende Ehefrauen, die schon Stunden auf die Rückkehr ihres Mannes gewartet hatten, mit Cornetto oder Magnum Mandel besänftigen. Davon verkauften wir abends am meisten.

Die Bade-Vatis und die Schrebergärtner machten die warmen Monate zu vernünftigen Monaten, zumindest was die Einnahmen betraf. Urlaubsmäßig waren sie für uns ein Hindernis. »Wenn die Kneipe zu ist, dann verdienen wir auch nichts mehr«, sagte Großmutter Lucia immer, und freiwillig nichts zu verdienen, das konnten wir uns bei unserem mickrigen Jahresschnitt nicht leisten.

In der Dusche standen ein paar kleine Plastikfläschchen mit Duschbad und Shampoo. Ich seifte mich von oben bis unten ein. Lange ließ ich das Wasser über meine Haut rinnen. Ich entdeckte, dass man die Intensität des Wasserstrahls am Duschkopf verändern konnte, und probierte jede Einstellung aus, bis meine Finger ganz schrumpelig wurden. Eins musste man dieser nervigen Frau Hecht lassen: Brausen aussuchen, das konnte sie. Während das Wasser vor sich hinplätscherte, war ich froh, dass ich nicht wie jeden Abend hinterm Tresen stehen und Gläser spülen musste. Auch wenn der Tag alles andere als nach Plan verlaufen war und der Bulli jetzt in der Werkstatt stand, war ich doch froh, dass wir hier waren. Morgen würde es nach Bratislava weitergehen. In die Stadt, die ich schon so lange besuchen wollte. Ich dachte an den kleinen Zettel mit der Adresse, den mir meine Mutter gegeben hatte: *Michal Hornákov, Panenská 13, Bratislava.* In meinem Kopf tauchte das dichtverzweigte Netz unbekannter Großstadtstraßen auf, durch das der Bulli hindurchmanövriert werden musste. Es beunruhigte mich allerdings nur einen Moment lang. Tief in mir drin war ich sicher, dass ich Jano finden würde.

»Da bist du ja wieder«, sagte Kalle, als ich mit einem Handtuch umwickelt in der Tür stand. Seine Stimme klang wieder klarer. Wahrscheinlich lag es an der kühlen Nachtluft, die durchs Fenster hereinströmte.

Kalle duschte ebenfalls ziemlich lange. Sicherlich hatte auch er das mit dem verstellbaren Duschkopf entdeckt. Ich hängte mein Handtuch an einem Haken an der Tür auf und zog mir Slip und T-Shirt über. Vom Bett aus schaute ich durch das geöffnete Fenster in die Nacht. Der Mond war voll, die Blätter eines alten Kastanienbaums bewegten sich leicht im Wind. Ab und zu drang Männergelächter aus der Gaststube zu uns herauf. Ich schloss die Augen und versuchte, mir die Konturen von Janos Gesicht in Erinnerung zu rufen: die Zweihügelstirn, die leicht nach links gebogene Nase, den geraden Mund. Unser letzter gemeinsamer Abend lag nur drei Tage zurück, doch es fühlte sich an, als seien Wochen vergangen.

Kalle kam aus dem Bad. Er roch nach Shampoo und Duschbad und immer noch ein wenig nach dem roten Sand. Er gefiel mir, dieser Geruch. Umständlich legte sich Kalle auf seine Hälfte des Bettes.

Eine Weile lagen wir einfach still da, Rücken an Rücken. Dann richtete sich Kalle wieder auf, um sein Kissen aufzuschütteln. Draußen grölte jemand immer wieder: »Steve, Steve!« Aber Steve schien trotz aller Rufe nicht zu kommen.

»Was ist heute für ein Wochentag?«, fragte Kalle.

»Dienstag.« Ich drehte mich zu ihm.

»Für Dienstagabend sind die ganz schön gut unterwegs.«

»Ist halt Vollmond.«

»Und?«

»Säufersonne eben.«

Ich stützte meinen Kopf mit dem Arm ab. »Bei Vollmond wird immer am meisten getrunken, ganz egal, welcher Wochentag ist. Das kann ich dir sogar mit unseren Einnahmebüchern belegen.«

»Verrückt«, murmelte Kalle, »Säufersonne.«

Ich schloss die Augen und wartete darauf, dass ich einschlief. Doch obwohl ich mich müde und ausgelaugt vom Tag fühlte, blieb ich wach. Auch Kalle kam nicht zur Ruhe. Er drehte sich ein paarmal hin und her, fand aber anscheinend keine bequeme Position. Wir versuchten beide, still und gleichmäßig zu atmen. Trotzdem wusste jeder, dass der andere noch wach war.

»Ab wann hast du eigentlich mitgekriegt, dass ich auch am Bahndamm war?«

Es dauerte eine Weile, bis er antwortete.

»Ich glaube, erst ziemlich zum Schluss.«

»Und wieso bist du dann wieder von den Gleisen gesprungen?«

»Ich weiß es nicht so genau. Ich hab an diesem Tag alles wie durch einen Tunnel gesehen. Und dein Gesicht war das erste klare Bild.«

Wir drehten uns beide gleichzeitig auf den Rücken. Ich

dachte an den Abend am Bahndamm, an Jano, an meine Mutter, die mit dem Zitronenmesser Kerben ins Tresenholz schnitzte, an meine Großmutter und ihre veränderte Augenfarbe, ich dachte an die Kneipe und daran, wie Onkel Marek und ich Deckenplatten befestigten, an den Tag meiner Einschulung, an den Tag, an dem ich meine Unschuld verlor. Die Gedanken schwammen einfach so ineinander. Vielleicht lag es am Gras, vielleicht am Wein.

»Ich würde dir gern etwas erzählen, was ich noch nie jemandem erzählt habe. Wäre das in Ordnung?«

Kalle nickte, und der Mensch da unten auf der Straße hörte endlich auf, »Steve, Steve« zu rufen. Nur das Rauschen des Kastanienbaums war noch zu hören. Über dem Blätterdach leuchtete der Vollmond.

»Gut«, sagte ich und begann: »Als ich sechzehn war, kam mal ein Typ zu uns in die Kneipe. Er war fast zwei Meter groß, schlaksig und vielleicht vier, fünf Jahre älter als ich. Das Auffälligste an ihm waren seine leuchtend hellgrauen Augen. Er sah ein bisschen aus wie ein Außerirdischer. Den ganzen Abend saß er vor ein und demselben Bier, ohne auch nur einen Schluck davon zu trinken. Ich bin immer wieder zu ihm gegangen und habe gefragt, ob er vielleicht etwas anderes bestellen möchte. Er hat jedes Mal aufs Neue den Kopf geschüttelt. Irgendwann war es so etwas wie ein Running Gag zwischen uns. Als wir den Laden schließen wollten, fragte er mich, ob ich noch mit vor die Tür komme und eine Zigarette mit ihm rauche. Er hieß Matthias. Auf einer der Sportplatzbänke haben wir die halbe Nacht lang herumgeknutscht. Er küsste auch ein bisschen wie ein Außerirdischer. Ziemlich unbeholfen, aber auf seine eigene Weise gut. Wenn wir uns mal nicht küssten, schauten wir auf das leere Spielfeld. Matthias erzählte mir, dass er gerade eine Ausbildung zum Lokführer machte. Er hatte natürlich von der Strecke um den Strottenheimer Bahndamm gehört. Es war sehr wahrscheinlich, dass er sie eines Tages fahren musste. Deshalb war sein Besuch bei uns in der Kneipe so etwas wie ein Draufvorbereiten. Er erklärte mir, dass einem in der Ausbildung beigebracht wurde, wie man sich verhalten sollte, wenn plötzlich jemand auf den Gleisen stand. Man bremste, doch im Prinzip war klar, dass der Zug nie rechtzeitig genug zum Stehen kam. Man setzte den Notruf ab, der eine ganze Kette von Leuten aktivierte: die Fahrdienstleitung, die Polizei, die Staatsanwaltschaft, den Krankenwagen und so weiter. Trotzdem wusste man oben in der Fahrerkabine immer, dass man eigentlich nichts tun konnte. Man rollte einfach und unhaltbar auf diese Person zu.

Es wurde einem empfohlen wegzuschauen, bevor die Lok den Menschen erfasste. ›Das Schlimmste ist, den Leuten kurz vor ihrem Tod in die Augen zu sehen‹, hatte Matthias mir auf dem Sportplatz ins Ohr geflüstert, ›so einen Blick vergisst man nicht mehr.‹

Nach unserem ersten Treffen haben Matthias und ich uns dann noch ein paarmal wiedergesehen. Einige Nächte haben wir bei mir oben im Zimmer verbracht, dann ist er meist gegen vier abgehauen, weil er meiner Großmutter nicht begegnen wollte. Er hatte Respekt vor ihr, und sie stand immer schon gegen fünf Uhr auf. Ich fand diese Heimlichtuerei lustig. Aber mir war ziemlich schnell klar, dass ich mich nicht in Matthias verliebt hatte. Ich schlief mit ihm, weil seine Besorgtheit mich berührte und weil ich irgendwie etwas wiedergutmachen wollte. Er war der erste Lokführer, den ich kennenlernte, und Mareks Tod war erst ein paar Monate her.«

Ein paar Minuten lagen wir schweigend nebeneinander, Kalles Hand strich langsam erst über meinen Arm, dann über meine Schulter.

»Wieso bist du mir eigentlich zum Bahndamm gefolgt? Auch wegen der Sache mit Marek und dem Lokführer?«

»Vielleicht.«

Die Stimmen aus der Kneipe wurden wieder lauter. Wahrscheinlich sperrte Frau Hecht gerade den Laden zu. Unter unserem Fenster begann jemand lauthals den Biene-Maja-Song zu singen. Seine Stimme wurde leiser, je weiter er sich vom Gasthaus entfernte.

»Möchtest du mit mir schlafen?«, fragte Kalle.

Ich spürte seinen Atem an meinem Hals.

»Du bist kein Lokführer.«

Kalle grinste mich an.

»Nicht deswegen.«

»Gut.«

Ich streifte mir das T-Shirt über den Kopf und richtete mich dabei ein Stück auf. Kalle schaute mich an. Ich beugte mich ein Stück zu ihm hin, seine Hand glitt langsam erst über meine Schultern, dann auf meinen Rücken. Unsere Gesichter waren nur noch ein paar Zentimeter voneinander entfernt. Ich öffnete meinen Mund und spürte, wie unsere Lippen sich trafen. Kalles Zunge tastete sich langsam vor. Ich fuhr mit den Händen unter sein T-Shirt. Er fühlte sich ganz anders an als Jano. Janos Knochen traten fest und spitz unter der Haut hervor, man konnte jeden einzeln befühlen, wenn man wollte. Kalles Oberkörper war breiter und fülliger. Es überraschte mich, dass mich dieser Unterschied nicht störte, dass ich es gut fand, so wie es war.

Kalle küsste meinen Hals, seine Hände wanderten zu meinen Brüsten. Seine Berührungen waren langsam und vorsichtig, fast, als ob er dem, was wir hier taten, selbst noch nicht ganz traute.

»Mach weiter«, flüsterte ich, während ich mit meiner Hand über seinen Bauch und unter seine Shorts fuhr. Auch Kalles Hände wanderten nach unten.

Ich schloss die Augen und hörte auf seinen Atem, der schneller ging, spürte seine Arme, seine Zunge auf meiner Haut. Ich vergrub meine Finger in seinem Rücken. Er flüsterte mir ins Ohr. Ich nickte und schob mir den Slip nach unten.

Später lagen wir ineinandergeschlungen auf dem Bett in unserem winzigen Zimmer. Ich fing einen Tropfen Sperma mit dem Zeigefinger auf, der über Kalles Oberschenkel lief.

»Glaubst du eigentlich, dass Spermien atmen können?«

»Wie kommst du denn jetzt da drauf?«

»Es sind doch irgendwie Lebewesen.«

»Aber eine Lunge haben die bestimmt nicht.«

»Kiemen vielleicht?«

»In der nächsten Buchhandlung, an der wir vorbeikommen, werde ich dir ein Biologiebuch kaufen. Dann kannst du das nachgucken.«

»Bis dahin haben sie für mich Kiemen.«

»Geht klar«, sagte Kalle, fischte die Decke vom Boden und breitete sie über uns aus.

MITKOMMEN

Als ich am nächsten Morgen aufwachte, lag Kalle nicht mehr neben mir. Er hatte auf die Rückseite eines alten Kassenzettels geschrieben, dass er schon unterwegs sei, das Geld für die Reparatur zu besorgen. Die Nachricht fand ich auf dem Stuhl, über dessen Lehne meine Sachen hingen. Langsam drehte ich den Zettel in meinen Händen. Ich wusste nicht, was Kalle vorhatte, aber ich hatte ein ungutes Gefühl. Ich konnte mir kaum vorstellen, dass er ein gut gefülltes Bankkonto hatte und jetzt einfach auf der Suche nach dem nächsten Geldautomaten war. Er musste eine andere Idee haben, und wahrscheinlich war es besser, wenn ich schnellstmöglich herausfand, ob es eine gute Idee war.

Ich zog mich an und ging in Richtung Hauptstraße. Der Tag war weniger heiß als der gestrige. Ein paar Wolken bedeckten den Himmel, aber es sah nicht nach Regen aus. In einer kleinen Bäckerei kaufte ich mir eine Streuselschnecke zum Frühstück. Die Frau hinter der Theke schaute mich neugierig an. Wahrscheinlich kam hier im Laden sonst nur Stammkundschaft vorbei. Als sie mir das Wechselgeld zurückgab, platzte es schließlich aus ihr heraus: »Sie sind die junge Frau aus dem Autokino gestern, oder? Das Paar ohne Auto? Mein Sohn hat mir von Ihnen erzählt, er war auch dort.« Ich nickte und spürte, dass ich rot wurde. Es war schon etwas unheimlich, wie schnell man in diesem Dorf Bekanntheit erlangte. Ich überlegte kurz, die Bäckersfrau zu fragen, ob sie Kalle eventuell schon gesehen hatte. Aber um noch mehr Getratsche zu vermeiden, ließ ich es bleiben. Ich murmelte ein kurzes »Wiedersehen« und trat aus dem Geschäft.

Kalle entdeckte mich schneller als ich ihn. Er saß in dem Bushaltestellenhäuschen, in dem wir am Abend zuvor schon gesessen hatten.

»Was machst du denn hier?«, fragte ich ihn.

»Ich warte auf den Bus.«

»Auf den Bus wohin?«

»Nicht so wichtig. Es wird nicht lange dauern. Ich bin in ein paar Stunden wieder zurück.«

Ich setzte mich neben Kalle auf die Bank des Wartehäuschens.

»Warum willst du mir nicht einfach sagen, was du vorhast?«

Kalle schwieg.

Ich stand auf und begann, den Fahrplan zu studieren. Der nächste Bus kam in einer halben Stunde. Ich beschloss, ebenfalls auf ihn zu warten. Kalle zog die Stirn in Falten, als ich mich wieder neben ihn setzte, doch er sagte nichts. Unruhig schob er einen flachen Stein mit dem Fuß hin und her, erst in die eine, dann in die andere Richtung. Das machte er ungefähr zwanzig Minuten lang, dann schoss er ihn in die Mitte der Kreuzung, so wie er es gestern mit dem Plastikdeckel getan hatte.

Als der Bus kam, sprang Kalle hastig auf und lief zur Fahrbahn.

»Ich möchte nicht, dass du mitkommst!«, sagte er, ohne mir dabei in die Augen zu sehen. Ich erhob mich und folgte ihm zur Straße. Wir hatten es bis hierher geschafft. Wir wussten die persönlichsten Dinge voneinander. Wir hatten miteinander geschlafen. Er konnte mich jetzt nicht einfach hier an dieser Haltestelle zurücklassen. Das Bild von Janos leerer Gartenhütte tauchte in meinem Kopf auf. So leer wie ich sie vorgefunden hatte, nachdem er verschwunden war. Jano war mir davongefahren. Kalle sollte mich nicht so einfach loswerden.

Der Bus hielt, und ich legte meine Hand auf Kalles Schulter. Er schob sie weg.

»Einmal bis nach Spyra«, sagte er, als er die kleine Bustreppe emporstieg.

»Zweimal bis nach Spyra«, korrigierte ich und stieg ein.

Während der Fahrt sprachen wir kein einziges Wort miteinander. Ich saß eine Sitzreihe hinter Kalle. Die Art, wie er seinen Kopf hielt, wie sich die Muskeln in seinem Nacken spannten, tat mir weh. An jeder seiner Bewegungen konnte ich ablesen, wie wütend er darüber war, dass ich mit ihm in diesem Bus saß. Ich verstand nicht, was daran so schlimm sein konnte. Was gab es in diesem verdammten Kaff, das er nicht mit mir teilen wollte?

Spyra war der vierte Ort hinter Dölschitz. Als der Bus verschwunden war, drehte sich Kalle um und lief die Hauptstraße hinunter. Ich ging ihm hinterher.

»Milla, ich habe dich um was gebeten. Warte hier. Bitte«, sagte er. Seine Stimme klang weniger schroff als vorher. Ich griff im Gehen nach seiner Hand. Er zog sie nicht weg.

»Wir sind zusammen unterwegs, und das heißt auch,

dass wir Dinge zusammen erledigen. Ich will hier nicht blöd rumsitzen und abwarten. Ich will dir helfen!«

»Okay«, sagte Kalle leise. Diesmal drehte er sich zu mir um.

Wir bogen in eine schmale Straße ein, und Kalle blieb vor einem dreistöckigen Mietshaus stehen. Die Fassade war nicht mehr die neueste, aber ansonsten sah das Haus sauber und gepflegt aus. In den Fenstern hingen Gardinen und selbstgebastelte Fensterbilder.

»Wo soll ich klingeln?«, fragte ich.

Kalle seufzte und drückte gegen den Knauf. Die Tür zum Treppenhaus war nur angelehnt. Ein modriger Geruch schlug uns entgegen. Es roch nach Abwasser, das zu lang in alten Leitungen gestanden hatte. Die Treppe war sauber gefegt. Vor jeder Tür lagen Fußabtreter. Auf einem war eine Dogge mit einer Krone abgebildet. *My home is my castle* war darunter zu lesen. Das Flurfenster der zweiten Etage stand voller Gläser mit Absenkern. Einige waren noch ziemlich frisch, andere hatten schon Wurzeln gebildet. Ich erkannte Monsterblatt, Fette Henne und Grünlilie. Während ich die Pflanzen betrachtete, kam Kalle nur sehr langsam die Treppe herauf. Mit beiden Händen umklammerte er das Geländer. Er schien sich nach oben ziehen zu müssen, wie einer, der auf einer Außentreppe gegen Gegenwind ankämpft.

»Da scheint jemand einen kleinen Gärtnereibetrieb aufmachen zu wollen«, sagte ich, als er endlich den Absatz mit dem Flurfenster erreicht hatte. Kalle betrachtete die grüne Oase mit einem seltsam aufgewühlten Blick.

»Für Pflanzen hatte sie schon immer ein gutes Händchen«, sagte er.

Sie. Es überraschte mich, dass wir auf dem Weg zu einer Frau waren. Ich hatte aus irgendeinem Grund erwartet, Kalle würde bei einem zwielichtigen Kumpel aufschlagen, um an Geld heranzukommen. Langsam und angespannt stieg Kalle die Treppe weiter nach oben. Die Frau, die er um Geld bitten wollte, wohnte im dritten Stock. Auf einem vergoldeten Schild stand in verschnörkelter Schrift *Familie U. Bernhardt*. Links vom Wohnungseingang hing ein Putzplan für die Treppe.

Kalle drückte auf die Klingel.

»Wer ist das?«, fragte ich.

Kalle antwortete nicht, sondern läutete erneut. Diesmal kräftiger.

Wir warteten. Nichts passierte.

»Die haben sie wahrscheinlich abgestellt. Wegen der GEZ oder so.« Er pochte gegen die Tür, aber alles blieb still.

»Vielleicht ist niemand zu Hause?«

»Die sind immer zu Hause«, sagte Kalle.

Ich merkte, wie er immer unruhiger wurde, je länger wir uns in diesem Treppenhaus aufhielten. Was für Leute mussten diese Bernhardts wohl sein, wenn sie ihn so aus der Fassung brachten? Ich machte einen Schritt nach hinten.

»Du, vielleicht ist das sowieso Quatsch mit dem Geldborgen. Lass uns einfach zurückfahren.«

»Nein!«, sagte Kalle.

Es war ein Nein, dem man nicht mehr widersprechen konnte. Er hatte seine Entscheidung getroffen. Das war deutlich. Er wollte mich in seinem verdammten Bulli nach Bratislava bringen und eine verschlossene Tür sollte ihn nicht davon abhalten. Vielleicht war es ein Dankeschön dafür, dass ich am Bahndamm aufgekreuzt war und ihn ins Leben zurückgeholt hatte. Vielleicht war es, weil er einfach nicht nach Hause wollte, in seine Wohnung zu den vielen geöffneten Paketen. Vielleicht war es etwas ganz anderes, das ihn antrieb. Ich konnte es nicht genau sagen.

Kalle schlug mit der Faust gegen die Wohnungstür. Sein Gesicht hatte wieder die konzentrierte Entschlossenheit des Sanitäters angenommen, der bestimmt hatte, wie mit meiner verletzten Mutter zu verfahren war. Hinter der Tür blieb es weiterhin still.

»Geh mal einen Schritt zur Seite«, sagte Kalle.

Ich machte erst gar nicht den Versuch, ihn aufzuhalten. Schweigend beobachtete ich, wie Kalle Anlauf nahm und sich mit seinem ganzen Körper gegen die Tür fallen ließ. Das Holz vibrierte beim Aufprall. Man hörte ein leises, klackendes Geräusch. Das Schloss war aufgegangen.

Im Wohnungsflur stand eine magere Frau in einem lilafarbenen Hausanzug. Ihr Haar hing ihr in dünnen rotblonden Strähnen über die schnurgeraden Augenbrauen. Die Haut um Augen, Mund und Nase war eingefallen und faltig, aber sie hatte diesen blassen Ockerton, den ich inzwischen ziemlich gut kannte.

»Hallo Bettina«, sagte Kalle.

»Hallo Kalle«, sagte seine Mutter.

DAHEIM BEI BERNHARDTS

»Da bist du ja«, sagte Kalle und zog sein T-Shirt wieder gerade, das durch den Sprung verrutscht war.

»Ich hätte gleich aufgemacht«, entgegnete Bettina. Sie drehte sich um, und wir folgten ihr in die Küche.

»Wollt ihr Kaffee?«, fragte sie und zündete sich eine Zigarette an. Kalle nickte, und ich wunderte mich, mit was für einer Selbstverständlichkeit seine Mutter es hinnahm, dass ihr Sohn gerade die Tür aufgebrochen hatte.

Bettina griff zwischen zwei kurzen, hektischen Zigarettenzügen nach der Kanne. Sie lief damit zur Spüle und ließ Wasser hineinlaufen. Neben dem Abwaschbecken stand ein blaues Abtropfgestell, in dem das Frühstücksgeschirr trocknete. Ganz vorne steckte ein Kinderteller, auf dem eine Szene aus dem Froschkönig zu sehen war. Die Prinzessin saß am Rand des Brunnens, der Frosch auf einem Stein. Er hatte ihr die Kugel schon wieder heraufgeholt. Rechts neben der Königstocher, halb versteckt im Dickicht, hockte ein Zwerg mit erhobenem Zeigefinger. Ich fragte mich, wieso man in den Froschkönig so einen bekloppten Zwerg mit erhobenem Zeigefinger reingemalt hatte, dann lenkten mich Bettinas Hände ab. Sie waren groß, wie die eines Mannes, dürr und von unzähligen Adern durchzogen. Die kurzen Nägel leuchteten in einem dunklen Rot, die Spitzen waren vorn abgebissen und weiß. Es waren die Hände von jemandem, der einiges durchgemacht hatte. Traurige Hände. Bettina zog einen Kaffeefilter aus der Packung, steckte ihn in den oberen Teil der Maschine und griff nach einer braunen Dose. Mit langsamen, kontrollierten Bewegungen füllte sie das Kaffeepulver ein. Sie schien sich darauf zu konzentrieren, dass ihre Hände nicht zitterten. Ich kannte diese Art von Bewegung von den Pegeltrinkern aus der Kneipe. Ohne meinen Kopf zu drehen, schaute ich mich im Raum um. Am Ende der alten, beigefarbenen Küchenzeile stand der Kühlschrank, dahinter, in einer Ecke, hingen Besen und Kehrschaufel. Die Wände um den Esstisch herum waren mit lackierten Holzlatten verkleidet, die etwa in Kopfhöhe in einem schmalen Wandbord endeten. Auf dem Brett standen eine Karaffe und dazu passende Becher aus Ton, eine alte Kaffeemühle, eine Küchenwaage, ein Glas Gemüseessig und ein paar selbstgebastelte Figürchen. Eine Meerjungfrau aus buntem Karton, ein Kastanienmännchen, ein hölzerner Waldschrat mit Wattebart. Nirgendwo entdeckte ich Flaschen mit Korn oder Wodka oder sonst einem Alkohol.

»Wer ist denn da?«, fragte eine Kinderstimme aus dem Zimmer nebenan.

»Nur Erwachsene«, rief Bettina zu dem Kind hinüber. Es gab sich mit dieser Antwort zufrieden.

Während der Kaffee durch die Maschine lief, sprachen wir kein Wort. Es war, als würden wir eine stumm festgelegte Abfolge einhalten: erst der Kaffee, dann das Gespräch. Ich überlegte, wie lange Kalle und seine Mutter sich wohl nicht mehr gesehen hatten. Es musste eine ziemlich lange Zeit gewesen sein. Mir kam es vor, als müssten sie sich erst wieder daran gewöhnen, im selben Raum zu sein. Seit wir zur Tür hereingekommen waren, hatten es die beiden vermieden, sich in die Augen zu schauen. Doch sie beobachteten sich unablässig aus den Augenwinkeln. Ohne sich näher zu kommen, schlichen sie umeinander herum. Es war eine Spannung im Raum, die es mir schwer machte, mich normal zu bewegen. Jedes unvorsichtige Heben der Hände, jedes Verstellen der Beine unter dem Tisch konnte eine Welle anschieben, die alles zum Überlaufen brachte. Diese Küche war zu klein, zu eng für Bettina, für Kalle und die vielen unausgesprochenen Worte, die zwischen ihnen standen und die sich über die Jahre zu einer unüberwindbaren Mauer getürmt hatten.

Bettina fuhr sich mit der Hand übers Gesicht. Einen Moment lang dachte ich, sie würde sich eine Träne wegwischen. Aber es war nur eine Fussel, die sich in ihren geraden, dichten Augenbrauen verfangen hatte.

Die Maschine kam zur Ruhe. Bettina goss Kaffee in drei Tassen. Dann schob sie uns ein Döschen Süßstoff über den Tisch.

»Milch ist leider alle.«

Wir rührten in unseren Tassen.

»Und, wie geht's so?«, fragte Kalle.

»Den Kindern geht's gut. Thommy fängt im September eine Ausbildung an, Jenny kommt jetzt in die Schule.« Sie zuckte fahrig mit den dürren Schultern. »Warum bist du hier?«

Kalle rückte seinen Stuhl umständlich ein Stück näher an den Tisch heran.

»Wegen dem Sparbuch von Oma.« Noch während er sprach, stand Bettina auf und stellte sich ans Fenster. Vor ihr auf dem Sims stand ein Meer von Absenkergläsern, dazwischen schauten Töpfe mit hochgewachsenen Pflanzen und großen, schweren Blättern hervor. Durch die Gardine und das viele Grün war das Draußen kaum noch erkennbar. Bettina hatte in ihrer Wohnung eine Hecke wachsen lassen.

»Du hattest gesagt, dass du meinen Teil des Geldes für mich aufhebst, damals, als ich in der Therapie war.«

Bettina zog an ihrer Zigarette und starrte weiter auf das grüne Dickicht vor ihrem Fenster.

»Die ganzen Jahre hab ich es nicht abgeholt. Uwe wollte sowieso nicht, dass ich hier auftauche«, fuhr Kalle fort.

Bettina hob einen der Blumentöpfe an, zog ein Tellerchen darunter hervor, das als Untersetzer diente, und drückte ihre Zigarette darauf aus. Sie stellte den Teller neben das blaue Abtropfgestell und zündete sich sofort eine neue Kippe an. Den Rauch blies sie in die Hecke.

»Das Geld ist nicht mehr da«, sagte sie, ohne den Blick von den Blumen zu nehmen, »unsere Waschmaschine war kaputt.«

»Es war mein Geld!«

Bettina drehte ihren Kopf und schaute Kalle das erste Mal direkt in die Augen.

»Die Kinder brauchten was Sauberes zum Anziehen. Du weißt ja, dass wir nicht viel haben.« Sie verschränkte die Arme vor der Brust, ihr Blick blieb fest.

Plötzlich war Kalles Mutter ganz bei sich. Sie hatte vor einiger Zeit eine Entscheidung getroffen. Zum Wohle ihrer Kinder. Dafür stand sie nun ein. Nur die Tatsache, dass Kalle ebenfalls ihr Sohn war, fand in dieser Erklärung keinen Platz.

Kalle saß neben mir, und ich fragte mich, ob er gleich um sich schlagen oder zu weinen anfangen würde. Ich wusste nicht genau, was ich tun sollte. Ich fühlte nur, dass ich hier störte, dass ich wie dieser dumme Zwerg auf dem Märchenteller in eine Geschichte geraten war, in die ich nicht hineingehörte. All meine Erfahrung aus der Kneipe sagte mir, dass ich mich jetzt nicht einmischen durfte. Familienangelegenheiten waren jahrelang gewachsene, in sich verkeilte Geflechte. Sie folgten keiner Logik, die ein Außenstehender begreifen konnte. Doch gleichzeitig sah ich, dass Kalle Bettinas Blick nicht mehr standhalten konnte, beobachtete, wie er die Lider senkte, als ob er derjenige sei, der hier einen Fehler gemacht hatte. Ich stand auf und ging langsam auf Bettina zu.

»Dinge gehen kaputt«, sagte ich, »uns ist zum Beispiel gerade ein Auto kaputtgegangen. Der Betrag, den wir benötigen, liegt sicher unter dem, was eine neue Waschmaschine kostet.«

Im Nachbarzimmer fiel etwas mit einem lauten Schlag auf den Boden. Das Kind begann zu weinen. Bettina drehte sich um und lief zur Tür. Ein verheultes rothaariges Mädchen kam auf sie zugerannt.

»Jenny«, sagte Kalle.

Jenny schaute kurz zu Kalle, ohne auf seinen Gruß zu antworten. Dann zeigte sie ihrer Mutter ihren verletzten Arm.

»Ist nicht so schlimm«, sagte Bettina und pustete ihr über den Ellenbogen. Sie holte ein Pflaster aus der Schublade und klebte es ihrer Tochter auf die winzige Wunde. »Komm, geh wieder spielen«, sprach sie mit leiser, beruhigender Stimme. Doch Jenny klammerte sich an ihre Mutter. Die Kleine spürte, dass die Stimmung im Raum nicht die beste war. Bettina hob Jenny hoch und streichelte ihr mit der flachen Hand über den Rücken. Kalle beobachtete die Szene. Es war so still, dass ich ihn atmen hören konnte, sein flaches, angestrengt ruhiges Atmen. Ein Atmen von jemandem, der befürchtete, jeden Augenblick auseinanderzufallen. Ich wollte seine Hand nehmen, ihn festhalten, doch von ihm ging in diesem Moment etwas so Unnahbares aus, dass ich mich nicht traute.

»Kalle, ich weiß, dass ich Fehler gemacht habe«, sagte Bettina. Ihre Stimme klang nun weicher, brüchiger, »aber ich bin jetzt eine gute Mutter.«

Kalle atmete schneller ein und aus. Seine Unterlippe begann zu zittern. Er wollte wohl etwas aussprechen, war aber nicht in der Lage dazu. Ich dachte daran, dass egal was er jetzt sagte, es nichts an dieser Situation ändern konnte. In dieser Küche gab es keinen Platz für ihn. Und das einzig Richtige war, ihn hier so schnell wie möglich herauszubringen.

»Gut, dann seien Sie jetzt eine gute Mutter und helfen Sie Ihrem Sohn einmal aus einer Notlage«, sagte ich bestimmt.

»Wir haben nichts«, entgegnete Bettina. »Ich bin seit sechs Jahren arbeitslos, und Uwes Gehalt reicht vorn und hinten nicht.«

»Wie Sie meinen«, sagte ich und griff nach Kalles Hand, um ihn aus dieser Wohnung zu bringen. Kalle bewegte sich wie auf Drogen. Er schwankte, als ich ihn aus der Küche zog, einmal fiel er fast hin. Jenny fing an zu weinen und vergrub den Kopf im Pullover ihrer Mutter. Bettina folgte uns mit dem weinenden Kind in den Flur.

»Ich weiß, ich habe Fehler gemacht. Aber ich trinke nicht mehr. Ich bin wieder verheiratet. Ich habe zwei Kinder, um die ich mich kümmern muss. Kalle hat es immer geschafft, sich allein durchzuschlagen. Es tut mir leid.«

Kalle stolperte über einen Schirmständer und fiel auf den Teppich. Ich half ihm, sich wieder aufzurichten. Dann nahm ich den Schirmständer und schlug ihn mit aller Kraft gegen den Garderobenspiegel, bis das Glas in Scherben auf den Teppichboden fiel.

»Das tut mir auch leid«, sagte ich und zog Kalle nach draußen. Im Hausflur wischte ich mit einer ausholenden Armbewegung noch ein paar Absenker vom Fensterbrett. Danach fühlte ich mich besser. Ein bisschen zumindest.

ZURÜCK NACH DÖLSCHITZ

»Nun hast du also meine Mutter kennengelernt«, sagte Kalle, als er sich wieder einigermaßen gefasst hatte.

Wir gingen schweigend nebeneinander durchs Dorf, bis wir wieder auf die Hauptstraße kamen.

»Und jetzt?«

»Keine Ahnung«, sagte ich, »lass uns einfach weiterlaufen.«

»Bis nach Dölschitz?«

»Wohin sonst?«

Abgesehen von ein paar Katzen war niemand auf der Straße. Weil der Gehweg so schmal war, liefen wir hintereinander. Ich betrachtete Kalles Rücken. Seine breiten Schultern hatten jegliche Spannung verloren. Die Arme hingen wie tote Äste zu beiden Seiten herab. Gleichzeitig war die Bewegung seiner Beine und Füße seltsam unkoordiniert. Kalle sah aus wie jemand, der das Laufen nach langer Krankheit gerade erst wieder erlernt hatte.

Nachdem wir das Ortsschild von Spyra passiert hatten, drehte sich Kalle zu mir um.

»Erzähl mir was von Jano.«

»Wie kommst du jetzt auf Jano?«

Kalle rieb sich mit der Hand über den Nacken. »Ich muss mich ablenken«, sagte er, »und außerdem kann ich nicht die ganze Zeit jemandem hinterherreisen, von dem ich gar nichts weiß.«

Ich dachte nach. Es war nicht so einfach, Jano in ein paar Worten zusammenzufassen. Ich kannte ihn mein ganzes Leben lang, aber richtig schlau war ich nie aus ihm geworden. Allein schon, dass er ohne mich nach Bratislava abhauen würde, hätte ich ihm nie zugetraut.

Ich hob hilflos die Schultern. »Er ist schwer zu beschreiben.«

Kalle nickte. »Dann erzähl mir einfach, was dir gerade einfällt.«

Der Gehwegstreifen endete an einem Feld. Ich schloss mit wenigen schnellen Schritten auf, und wir liefen nebeneinander die Landstraße entlang. Ein paar hundert Meter vor uns kreuzte sie als Brücke einen kleinen Flusslauf. Links und rechts standen ein paar kräftige Weidenbäume. Je weiter wir von Spyra wegkamen, desto schöner wurde die Umgebung.

»Früher hat Jano in der Jugendmannschaft von Grün-Weiß Strottenheim mitgespielt«, begann ich. »Er war ziemlich talentiert und hat hart trainiert. Aber er weigerte sich immer, ein Trikot zu tragen. Sie haben es ihm eine Weile durchgehen lassen, weil er ein so guter Mittelfeldspieler war und Chancen hatte, auf die Sportschule zu kommen. Mit der Zeit beschwerten sich jedoch die anderen Vereine, und Hardy, der Trainer, hat Jano zur Seite genommen und ihm gesagt, dass es so, wie es momentan laufe, nicht weitergehen könne. Es gäbe immer nur das Team und ihn, nie aber das Team mit ihm. Da ist Jano aus dem Verein ausgetreten. Keiner hat das verstanden. Ich fand es gut. Jano ist niemand, der sich in etwas reinpressen lässt. Er zieht immer sein eigenes Ding durch, ohne Kompromisse. Was die anderen darüber denken, kümmert ihn nicht. Als sich zum Beispiel alle Jungs in seiner Klasse die Haare bis auf drei Millimeter herunterrasierten, ließ er sie sich lang wachsen und lief mit einem geflochtenen Zopf und einer Feder hinterm Ohr herum. Ich habe ihm damals gesagt, dass das total albern aussieht. Die Kerle im Dorf riefen ihm ›Hippie‹ und ›Schwuchtel‹ hinterher, einmal haben sie ihn sogar zusammengeschlagen, aber das war ihm alles egal. Er ging sogar mit der Feder hinterm Ohr ins Bett.«

Kalle stieß einen Kiesel mit der Turnschuhspitze vor sich her. Der Stein rollte in den Straßengraben.

»Und er ist dein Cousin?«

»Nein, mein Onkel. Meine Großmutter hat ihn ziemlich spät bekommen. Deshalb sind wir nur drei Jahre auseinander.«

Ich spürte, dass Kalle mich beobachtete, während ich redete. Über mein Gesicht versuchte er wohl herauszufinden, was das zwischen mir und Jano wirklich war. Er musste eine Ahnung haben. Ich überlegte, ob ich Kalle einfach erzählen sollte, was an dem Abend, als er am Bahndamm stand, noch alles passiert war. Ich schämte mich nicht dafür, dass Sabine Jano und mich in ihrem Wohnzimmer erwischt hatte. Doch trotzdem war da etwas, das mich zurückhielt.

Kalle setzte an, etwas zu sagen. Ich merkte, wie er sich die Worte in seinem Mund ganz genau zurechtlegte.

»Wenn wir Jano in Bratislava finden, glaubst du, dass er mit dir zurückkommen wird?«

»Ja, bestimmt«, sagte ich, doch schon während ich es aussprach, wurde mir klar, dass ich mir diese Frage bisher selbst gar nicht gestellt hatte. Mein wichtigstes Ziel war es gewesen, Jano zu finden. Weiter hatte ich noch nicht gedacht.

Ich versuchte, mit meinen Schritten im gleichen Rhythmus zu bleiben, in dem wir die letzte halbe Stunde gegangen waren, aber ich kam durcheinander. Ich musste an Janos Gesicht denken, an damals, als er sich seinen Zopf eines Morgens aus einer Laune heraus abgeschnitten und den Kopf rasiert hatte. Mit kahlem Schädel hatte er plötzlich in der Badetür gestanden. Sein Gesicht hatte schmaler und härter ausgesehen als vorher. Die Zweihügelstirn war so deutlich hervorgetreten, dass ich dachte, einem völlig anderen Jano gegenüberzustehen. Einem, der sich viele Jahre in einer Gletscherhöhle versteckt hatte und nun plötzlich wieder aufgetaucht war. Vorsichtig war ich mit der Hand über die rasierte Kopfhaut gefahren. Ich tat das später noch viele Male, denn es dauerte über ein halbes Jahr, bis Jano beschloss, seine Haare wieder wachsen zu lassen. Doch diese erste Berührung blieb mir auf besondere Weise in Erinnerung. Sie machte mir bewusst, dass, so nah ich Jano auch kam, er sich jeden Augenblick wieder in einen Fremden verwandeln konnte.

Kalle lief neben mir. Es war unübersehbar, dass es in seinem Kopf arbeitete. Sicher bastelte er schon an der nächsten Frage. Wir überquerten das Flüsschen, bogen mit der Landstraße nach links ab und passierten einen Hügel, auf dessen höchstem Punkt ein Jägerausguck stand. Je länger wir schwiegen, umso deutlicher wurde mir, warum ich Kalle nicht die ganze Wahrheit über mein Verhältnis zu Jano sagen wollte. Ich spürte, dass ich ihn damit verletzen würde. Mit der vergangenen Nacht hatte sich zwischen uns etwas verändert. Ich konnte noch nicht genau einordnen, was es war. Aber es machte die Dinge komplizierter.

GARAGENHANDEL

Hinter uns wurden Motorengeräusche lauter. Ein Linienbus kam auf uns zu. Ich erkannte den Fahrer, der uns nach Spyra gebracht hatte, streckte meinen Arm aus und schwenkte ihn. Der Busfahrer trat auf die Bremse und öffnete die Tür.

»Das ist hier aber keine Haltestelle«, sagte er mürrisch. Er ließ uns trotzdem einsteigen.

Während der Busfahrt lehnte ich meine Stirn ans Fenster. Ich spürte das Vibrieren der Scheibe und schaute nach draußen. Kalle saß neben mir. Er sah nicht mehr so fertig aus wie nach dem Besuch bei seiner Mutter, doch es war ihm anzumerken, dass ihm zu viele Dinge gleichzeitig durch den Kopf schwirrten. Mir ging es ähnlich. Ich dachte daran, dass ich wirklich nicht wusste, wie Jano reagieren würde, wenn wir ihn in Bratislava finden würden. Ich dachte daran, dass ich am Abend wieder neben Kalle liegen würde und dass es nach allem, was passiert, und nach allem, was ungesagt geblieben war, eine wenig entspannte Nacht sein würde. Ich dachte daran, dass der Bulli noch aus der Werkstatt geholt werden musste und dass wir immer noch keine Ahnung hatten, wie wir ihn bezahlen sollten. Trotzdem wünschte ich mir, die Busfahrt würde nicht so schnell vorübergehen. Solange wir auf diesen Polstersesseln saßen, mussten wir noch keine Entscheidungen treffen, keine finalen Lösungen finden. Dieser Bus war ein Stück abgeschlossene Welt. Ein fahrendes Wartezimmer, in dem man noch einmal in den Illustrierten blättern konnte, bevor man in den Behandlungsraum trat. Ich schloss die Augen. Wir hatten wenig geschlafen in dieser Nacht. Nun begann ich die Müdigkeit zu spüren. Von einer Sekunde zur nächsten breitete sie sich überall in mir aus, und ich fiel in einen kurzen traumlosen Schlaf.

»Wir müssen aussteigen«, weckte mich Kalle. Durch das Fenster erkannte ich die Hauptstraße von Dölschitz. Langsam erhob ich mich von meinem Sitz. Kalle drückte den Halteknopf, immer noch müde folgte ich ihm nach draußen. Wir warteten, bis der Bus am Ende der Straße verschwunden war.

»Und jetzt?«, fragte ich.

»Zur Werkstatt«, seufzte Kalle, »bevor sie zumacht.«

Es war mittlerweile halb fünf.

Das Tor zum Hof stand noch offen. Wir gingen hinein und steuerten auf die Garage zu, neben der Kalles Bulli schon bereitstand. Vor der Garage saßen drei Typen auf Campingstühlen. Zwei von ihnen trugen Blaumänner, der dritte Schneegriesel-Jeans und Poloshirt. Vor ihnen standen ein Kasten Bier und zwei Flaschen Korn. Eine war schon fast leer. Von Herrn Wolf war weit und breit nichts zu sehen.

»Ist schon geschlossen?«, fragte ich.

»Nein, wir feiern nur schon mal ein bisschen in den Feierabend rein«, antwortete einer der drei Typen, ein langer, hagerer mit Drei-Millimeter-Haarschnitt.

»Seid ihr die mit dem Bus?«, fragte der zweite aus der Runde, ein ziemlich bulliger Typ mit rundem Gesicht. Seine

Augen wanderten an meinem Körper hinauf und wieder hinab. Sie waren schon glasig vom Korn.

Ich schaute hinüber zum Bulli. Auf dem Weg zur Werkstatt hatten Kalle und ich vereinbart, dass wir Herrn Wolf einen Teil der Reparaturkosten anzahlen und für den restlichen Betrag um Ratenzahlung bitten wollten. Sicher würde er keine Luftsprünge machen, wenn er davon erfuhr, aber ihm blieb auch nicht viel anderes übrig, als darauf einzugehen.

»Ist Herr Wolf in seinem Büro?«, fragte Kalle, dem die Gesellschaft der drei Typen offensichtlich nicht besonders angenehm war.

»Der ist schon im *Hecht*. Vereinssitzung vom Heimatverein«, sagte der Typ in der Schneegriesel-Jeans. Sein Schädel war komplett kahlrasiert, das Gesicht über und über mit Sommersprossen bedeckt.

»Ich soll euch abkassieren«, meldete sich der Hagere wieder zu Wort. Kalle und ich warfen uns einen erschrockenen Blick zu. Wir waren darauf eingestellt, mit Herrn Wolf zu verhandeln. Die drei Typen hier sahen nicht so aus, als ob man sich mit ihnen auf eine Ratenzahlung einigen konnte.

»Wir würden trotzdem gern noch einmal mit Herrn Wolf sprechen«, wiederholte Kalle. Seine Stimme blieb dabei überraschend gelassen.

»Wie gesagt, ich soll euch abkassieren. Oder habt ihr ein Problem damit?«

Der Hagere erhob sich von seinem Campingstuhl. Langsam kam er auf uns zu, bis er direkt vor Kalle stehen blieb. Zu nah, wie ich fand.

»Nein«, Kalle bemühte sich, weiter ruhig zu bleiben, »wir wollten nur gerne etwas mit Herrn Wolf persönlich klären, was die Bezahlung betrifft.«

»›Was die Bezahlung betrifft?!‹ Heißt das etwa, ihr habt keine Kohle?« Die beiden anderen standen nun ebenfalls auf.

»Doch«, antwortete Kalle, »einen Teil in bar sofort, den anderen in Raten. Aber wie gesagt, das wollten wir eigentlich mit Herrn …«

»Ja, ja, ich hab's kapiert«, unterbrach ihn der Hagere schroff. »Der Chef ist aber nun mal nicht hier. Und bei uns gibt's keine Scheißratenzahlung. Da müsst ihr euch schon was anderes einfallen lassen.«

Die beiden anderen Typen waren noch näher an Kalle herangetreten. Nun standen sie zu dritt vor ihm.

»Ich könnte auch in Waren zahlen …«, stieß Kalle unsicher hervor.

Offensichtlich hatten die Typen Kalles unausgelieferte Pakete bereits genauer unter die Lupe genommen und auf diesen Vorschlag gewartet. Der Hagere nickte den beiden anderen nur kurz zu, dann drängten sie uns schon zum Bulli.

Kalle öffnete die Hecktüren, kletterte auf die Ladefläche und schob ein paar Kisten nach vorne.

»Wahrscheinlich seid ihr daran am meisten interessiert«, sagte er und klappte den Deckel des größten Kartons zurück. Etwas Schwarzes mit glatter Oberfläche war darin verpackt. Eine Bassbox vermutlich, vielleicht sogar eine ganze Hi-Fi-Anlage. Ich schaute nicht so genau hin. Stattdessen beobachtete ich die Gesichter der drei Typen. Klar wollten sie das Ding haben. Die Frage war nur, zu welchem Preis.

»Dreihundert in bar für die Autoreparatur und das Ding da, dann kommt ihr ohne eine Schramme davon!«, sagte der Bullige.

»Das Teil ist mindestens vierhundert wert!«, erwiderte Kalle.

»Dreihundert in bar und die Anlage«, wiederholte der Hagere.

So viel hatten wir nicht dabei. Kalle zögerte. Er wog wohl ab, wie weit er gehen konnte. »Zweihundert in bar und die Anlage, dann sind wir quitt«, sagte er schließlich. Die Stimmung war angespannt.

Ich trat ein paar Schritte zurück. Das Zeug aus den Kisten zu verticken, um die Reparatur bezahlen zu können, war sicher nicht die beste Lösung. Zerbrochenes Geschirr konnte Kalle in seiner Paketzentrale bestimmt noch erklären, fehlende Kisten mit teurer Technik waren schwieriger zu begründen. Andererseits schien das die einzige Möglichkeit zu sein, um heil aus dieser Situation zu kommen. Das Verhalten der Typen wurde zunehmend aggressiver. Kalle kam aus dem Bulli herausgeklettert, den Karton mit der schwarzen Box in den Händen.

»Gib das Ding her!«, forderte der Lange und griff nach dem Karton. »Also zweihundert?«, fragte Kalle und trat einen Schritt zurück. Dabei stieß er gegen den Bulligen. Der lachte und packte Kalle am Arm. Kalles Körper reagierte schnell und reflexartig. Er versuchte, die Hände des Stämmigen abzuschütteln, drehte sich von ihm weg, und als das nichts half, begann er seitlich nach hinten zu treten. Der Bullige bekam einen Tritt gegen das Bein und fluchte. Die zwei anderen waren in einer Sekunde bei ihm. Der Hagere machte sich an Kalles Armen zu schaffen, der Dritte schlug ihm schnell und ohne Vorwarnung seine Faust ins Gesicht. Kalle sackte zusammen. Der Hagere zog das Paket von ihm fort, stellte es ein paar Meter weiter an die Garagenwand. Dann ging er zurück zu den anderen, die begonnen hatten, auf den am Boden liegenden Kalle einzutreten. Immer wieder stießen sie gegen seine Taille, seinen Rücken, seinen Hals und seinen Hintern. Kalle schrie nicht, er stöhnte nur. Ich wollte dazwischengehen, doch irgendetwas hielt mich zurück. Zitternd schaute ich zu, wie der Bullige mit ganzer Kraft von hinten zwischen Kalles Beine trat. Kalle krümmte sich und drehte das Gesicht zur Seite. Ich sah, wie der Typ mit den Sommersprossen ausholte. Sein nächster Tritt zielte auf Kalles Kopf.

Ich schrie auf: »Ihr habt das Scheißpaket doch schon! Lasst ihn in Ruhe!« Aufgewühlt stolperte ich auf die Gruppe zu.

Die drei Schläger drehten sich fast gleichzeitig zu mir um. Für den Augenblick ließen sie von Kalle ab.

»Na, sieh an«, sagte der Hagere, der sich am schnellsten wieder gefasst hatte.

»Na, sieh an«, wiederholte der Bullige.

Es war nicht zu übersehen, dass ich Angst hatte. Es war auch nicht zu übersehen, dass Kalle und ich gegen die drei kaum eine Chance hatten. Der Bullige genoss die Situation. Man konnte spüren, dass es ihm Spaß machte, Macht zu haben. Wahrscheinlich langweilten er und seine Kumpels sich hier in Dölschitz die meiste Zeit zu Tode. Jetzt waren Kalle und ich gekommen und verhalfen ihnen zu einem spannenden Abend, an dem sie endlich mal wieder an ihre Grenzen gehen konnten, vielleicht auch noch ein Stückchen weiter.

»Er hat jetzt genug abgekriegt«, sagte ich mit so viel fester Stimme, wie mir übrig blieb. Der Bullige machte einen Schritt über Kalle hinweg und kam auf mich zu. Ich dachte an meine Mutter und ihren Weltraumtresen. Wenn es ernst wurde, konnte sie ihre Schönheit und ihren Charme dazu einsetzen, Leute damit zu entwaffnen und die Aggression aus einer Situation zu nehmen. Ich war nicht wie sie. Der Bullige kam so nah an mich heran, dass ich seinen Kornatem in mich einsaugen musste, wenn ich Luft holte. Er legte seine Hand um mein Kinn und drückte es leicht nach oben. Nicht so fest, dass es weh tat, aber kräftig genug, damit ich meinen Kopf nicht mehr ohne seine Zustimmung bewegen konnte. Sein Blick wanderte über mein Gesicht und meinen Hals, eine Weile blieb er an meinen Brüsten hängen und glitt dann hinunter zu meinen Hüften.

»Ganz hässlich ist sie ja nicht, seine Alte«, rief er hinüber zu den anderen Typen, die blöde zu grinsen begannen. Ich roch seinen widerlichen Schnapsatem und spürte, wie meine Knie zu zittern begannen. Sie zitterten so stark, dass ich mich kaum auf den Beinen halten konnte. Der Bullige lachte, als er es bemerkte, und hielt mich noch stärker am Kinn fest. Dann zog er mein Gesicht an seines heran, öffnete seinen Mund und schob mir seine rauhe, eklige Zunge zwischen die Lippen. Die anderen beiden grölten. Ich konnte keinen klaren Gedanken mehr fassen. Der Werkstatthof verschwamm vor meinen Augen, ich wusste nicht mehr, wo meine Arme und Beine waren, geschweige denn, wie ich sie einsetzen konnte. Das einzig Feste und Reale war die Hand an meinem Kinn und die Zunge, die immer tiefer in meinen Mund hineindrängte. So tief, dass es mich würgte. Die Übelkeit machte meine Sinne für einen Moment klar. Ich schob die Zunge des Bulligen mit meiner eigenen ein paarmal hin und her, drängte sie schließlich in die rechte Mundhälfte und biss zu. Der Bullige schrie auf, ließ mein Kinn los, hielt sich mit der einen Hand den Mund und mit der anderen haute er mir so fest gegen die Wange, dass ich strauchelte und hinfiel.

Aus dem Augenwinkel sah ich, wie er sich etwas Blut vom Mund abwischte. Ich hatte ordentlich zugebissen.

Der Bullige nickte den anderen Jungs zu. Die schnappten Kalle am Kragen und zogen ihn auf dem Bauch liegend zur Stufe an der Seitentür der Garage. Kalle stöhnte leise auf. Anscheinend kam er gerade erst wieder zu sich. Der Hagere nahm seinen Kopf, öffnete Kalles Mund und drückte seine Zähne auf die Steinkante. Als Kalle sich wegdrehen wollte, traten sie ihm gegen die Rippen. Der Hagere befahl dem mit den Sommersprossen, Kalles Kopf festzuhalten. Der Bullige kam wieder zu mir und zerrte mich bis zu Kalles Füßen.

»Du zählst jetzt bis drei«, sagte er. Der Hagere baute sich neben Kalles Kopf auf. Das Gewicht auf das Standbein verlagert. Der rechte Fuß, der gleich zutreten würde, berührte nur leicht den Boden. »Fang an zu zählen!«, zischte der Bullige. Ich schwieg. »Los!«, sagte er und drückte meinen Arm auf meinen Rücken. »Eins«, flüsterte ich, dann war lange Zeit Stille. Zumindest fühlte es sich wie eine Ewigkeit an. Ich schloss die Augen und biss mir auf die Lippen. »Weiter!«, grölte der Bullige und kramte etwas aus seiner Hosentasche hervor. Als ich zu erkennen versuchte, was es war, hielt er mir das Messer schon an den Hals. Gleichzeitig drückte er meinen Arm so weit nach oben, dass ich schrie. »Zwei.« Mir schossen die Tränen in die Augen. Ich biss mir wieder auf die Lippen, fester als vorher. Ich ballte die linke Hand auf meinem Rücken und drückte meine Fingernägel so tief in die Handballen, dass es schmerzte. Ich spannte meine Bauchmuskeln an, meine Schultern, meine Brust. Irgendwo in mir drin begann etwas zu wachsen und fester zu werden, Schwung aufzunehmen, vorangetrieben von Übelkeit und Wut. »Nun mach schon!«, schrie mich der Hagere an. Ich wusste, dass er jetzt zutreten musste, je länger ich wartete, desto mehr würde die Situation an Entschlossenheit verlieren. Der Bullige drückte mir die Klinge fester gegen den Hals. Ich legte meinen Kopf in den Nacken, sah den Himmel über mir, der sich langsam rötlich färbte, und schrie.

Ich schrie wie ein Tier, das gerade geschlachtet wurde. Ich schrie wie die Menschen in einer voll besetzten Achterbahn. Ich war lauter als dreißig Züge, die gleichzeitig scharf bremsten. Ich bildete mir ein, Glas zersplittern zu hören. Die Fenster der alten Garage kapitulierten unter meiner Stimme. Wie in Trance sah ich jemanden durchs Tor kommen.

»Verdammt noch mal!«, hörte ich Herrn Wolfs tiefe, kräftige Stimme über den Hof schallen. Dann wurde er plötzlich still. Herr Wolf schaute zu mir, zum Bulligen, der mich festhielt, zu Kalle, der mit geöffnetem Mund auf der Stufe lag und von dem Typen in der Jeans festgehalten wurde, er schaute zum Hageren und war sprachlos. Der Bullige ließ von mir ab, der mit den Sommersprossen ließ Kalles Kopf los, der Hagere bewegte sich nicht. Ich zog Kalles Gesicht von der Stufe weg, presste seinen Oberkörper an mich und schaute mich um. Herr Wolfs Blick war leer, wie der meiner Mutter, nachdem der Stein durch die Scheibe geflogen war. Die drei Glatzen standen reglos um uns herum.

»Komm«, sagte ich zu Kalle und richtete mich auf. Ich legte seinen Arm um meine Schultern und bugsierte ihn in Richtung Bulli. Kraftlos taumelte er neben mir her. Ich öffnete ihm die Tür, er stieg ein, und ich nahm auf dem Fahrersitz Platz. Der Schlüssel steckte. Als ich ihn drehte, sprang der Motor sofort an. Ganz langsam fuhr ich vom Hof.

IM BAUWAGEN

Ich brachte den Bulli aus Dölschitz heraus und wieder auf die Landstraße. Bei jedem Schlagloch, jeder Erschütterung stöhnte Kalle auf.

»Soll ich dich vielleicht in ein Krankenhaus bringen?«, fragte ich.

Er schüttelte den Kopf.

Gut, dachte ich. Je schneller wir von hier wegkamen, umso besser.

Ich zündete eine Zigarette an und steckte sie Kalle in den Mund. Hin und wieder nahm ich sie ihm ab und aschte in den Klappbehälter zwischen uns. Selbst dafür schien Kalle zu schwach zu sein. Die meiste Zeit über hielt er seine Augen geschlossen. Nur wenn ich mir unsicher mit dem Weg war und ihn fragte, ob ich besser nach links oder rechts abbiegen sollte, öffnete er sie kurz.

Je näher wir zur Grenze kamen, desto uriger und rauher wurde die Landschaft. Die Hügel wuchsen zu Bergen an, die breiten, geraden Landstraßen wechselten in gewundene, von Tannen umsäumte Waldstrecken. Wir kamen an Schieferhäusern, Sägewerken und einem übergroßen hölzernen Schwibbogen vorbei, der in der Mitte eines Dorfes auf einer Wiese stand. Während ich den Wagen lenkte, behielt ich Kalle im Auge. Sein Gesicht war auf der rechten Seite angeschwollen. Außerdem hing er seltsam schräg in seinem Anschnallgurt.

An der nächsten Tankstelle stoppte ich und kaufte zwei gekühlte Flaschen Mineralwasser. Kalle hielt sie sich gegen die Wange und den unteren Rücken.

Die Abendsonne hatte die Tannenspitzen, die Wiesen und den Tankstellenvorplatz bereits in ein tiefes, warmes Orange getaucht. Schweigend schlängelten wir uns mit dem Bulli einen Berg hinauf und wieder hinunter, schweigend passierten wir Ferienwohnungen, Fußballplätze und Feuerwehrhäuser. Und während wir durch die Landschaft fuhren, liefen mir die Tränen nur so über die Wangen. Ich konnte nichts dagegen machen. Es war, als wollten sie alles, was ich gesehen und erlebt hatte, einfach fortspülen. Kalle drehte sich zu mir.

»Ist alles okay?«, fragte er.

»Alles okay«, sagte ich und strich mir zum hundertsten Mal mit dem Unterarm über das Gesicht. »Ich hätte nur gern Scheibenwischer für meine Augen.«

»Und ich einen Kühlschrank für meinen Kopf.« Er lächelte. Dann wurden wir wieder still. Wir waren beide zu erschöpft, um weiterzureden. Apathisch lenkte ich den Wagen durch die Grenzkontrolle. So wie Kalle aussah, grenzte es an ein Wunder, dass die Beamten uns einfach durchwinkten.

Kurz hinter der tschechischen Grenze wurde es Kalle übel. Ich musste mehrmals anhalten, damit er sich übergeben konnte: einmal an einer Straße mit kleinen Verkaufsläden, einmal in einem Plattenbaugebiet und ein weiteres Mal kurz hinter einer Brücke. Mit jedem Stopp kam mir sein Gesicht bleicher vor.

Nachdem wir einige Ortschaften hinter uns gelassen hatten, wurden die Straßen leerer und holpriger. Auf der tschechischen Seite kannte Kalle die Strecke nicht mehr. Auf Gutdünken bog ich nach links oder nach rechts ab. Keines der Schilder sagte mir etwas. Von der Landstraße kamen wir auf eine Art Waldpfad, der sich immer wieder neu verzweigte. Durch die Bäume drang nur noch wenig Abendlicht. Mir wurde klar, dass wir uns hoffnungslos verfranzt hatten. Nirgendwo war jemand, den man nach dem richtigen Weg fragen konnte. Kalle ging es zunehmend schlechter, und auch ich war mit meinen Kräften am Ende. Weiter hinten im Wald entdeckte ich einen kleinen Bauwagen, der vermutlich von Waldarbeitern genutzt wurde. Ich parkte den Bulli neben einem großen Stapel Holzstämme und stieg die enge Eisentreppe zur Tür hinauf. Die Klinke ließ sich leicht herunterdrücken. Der Wagen war nicht verschlossen. Ich trat hinein. Es roch nach Tabak und Dosenfisch. Neben der Tür ertastete ich eine Taschenlampe und leuchtete in den Raum hinein. Es gab eine kleine Küchenzeile mit Campingkochplatten und Spülbecken, einen Tisch, ein paar Stühle und ein altes, abgewetztes Sofa. Es sah gemütlich aus. Ich schob ein Stück Vorhang beiseite und schaute durch ein Fensterchen nach draußen. Kalle stand an den Holzstapel gelehnt, seinen Kopf hielt er leicht nach vorne gebeugt. Ich hängte die Taschenlampe wieder an den Haken, ging zu ihm und strich ihm mit den Fingern durchs nassgeschwitzte Haar. Auch im Nacken war sein T-Shirt feucht. Die kühle Abendluft ließ ihn frösteln.

»Lass uns die Nacht in dem Wagen da verbringen«, schlug ich vor. »Das ist sicher angenehmer als im Bulli zwischen den Kisten.«

Kalle nickte, und ich legte seinen Arm um meine Schultern, um ihm beim Gehen etwas mehr Halt zu geben. Trotzdem kamen wir nur langsam voran. Im Wagen ließ sich Kalle erschöpft auf die Couch fallen. »Ruh dich aus«, sagte ich und zündete eine Kerze an, die auf dem Tisch vor dem Sofa stand. Dann ging ich hinüber zu den Kochplatten. Auf einem Wandbord entdeckte ich Tassen und Teebeutelschachteln. Neben der Anrichte stand ein Kanister mit Wasser. Ich goss das Wasser in einen Topf und machte den Gaskocher an.

»Pfeffi oder Schwarzen?«

Kalle antwortete nicht mehr. Er war eingeschlafen. Ich hörte, wie er ruhig ein- und ausatmete. Auf einem der Stühle lag ein zusammengefaltetes Tuch. Ich breitete es über ihm aus. Mir selbst holte ich Janos Pullover aus dem Bulli. Außerdem suchte ich nach der Decke, auf der wir am Tagebausee gelegen hatten. Sie war nirgends zu finden. Stattdessen stieß ich auf Kalles viel zu große Lederjacke, die er am Abend auf dem Bahndamm getragen hatte. Kurz fuhr ich mit den Fingern über ihren abgewetzten Kragen, dann rollte ich sie zusammen und verstaute sie in einem der hinteren Kartons. An die Sache auf dem Gleisbett wollte ich nicht mehr denken.

Als ich zurück in den Bauwagen kam, kochte das Wasser bereits. Ich goss eine Tasse Pfefferminztee auf, schob mir zwei Stühle zusammen und bewachte Kalles Schlaf. Selbst im schwachen Licht der Kerze waren die Schwellungen in seinem Gesicht immer noch deutlich zu erkennen. Auch ein bisschen verkrustetes Blut an der Braue und am Kinn konnte ich ausmachen. Ich ließ etwas Wasser aus dem Kanister auf ein Geschirrtuch laufen und wischte damit vorsichtig über

Kalles Wunden. Als ich meine Hand zurückzog, öffnete Kalle die Augen.

»Was glaubst du, wer damals den Stein durch euer Kneipenfenster geworfen hat?«, fragte er.

»Wie kommst du denn jetzt darauf?«

Kalle zuckte mit den Schultern.

Ich dachte an den Streit in der Kneipe nach dem Spiel der Altherrenmanschaft. Großmutter Lucia hatte Hardy in ihrer schroffen Art zurechtgewiesen. Und das vor versammelter Mannschaft. Hardy hatte viele Freunde im Ort. Sicher waren an diesem Abend zwei, drei Jungs zusammengekommen, die er früher als Kinder trainiert hatte und die sich berufen fühlten, Rache zu üben.

»Es kommen einige dafür in Frage«, antwortete ich, »Typen aus dem Dorf, mit denen ich zur Schule gegangen bin.«

Kalle schaute durch das kleine Fenster nach draußen ins Dunkel.

»Und hast du Angst, dass sie wiederkommen?«

»Klar werden sie wiederkommen. Es kommen immer alle irgendwann zurück in die Kneipe.«

»Aber hast du Angst davor?«

Ich setzte mich auf meinen Stuhl und zog die Tasse zu mir heran.

»Nein«, sagte ich und trank einen Schluck Tee. »Wir sind die einzige Kneipe im Ort. Es gibt immer mal Ärger wegen irgendetwas, aber dann beruhigt es sich auch wieder.«

Kalle fuhr mit der Hand über seine geschwollene Wange. Ich hatte das Gefühl, dass er nachfragen wollte, was der Auslöser für die Streiterei an diesem Sonntag gewesen war, doch er ließ es bleiben. Mir war, als ahnte er, dass es etwas mit mir zu tun hatte und mit Janos überstürzter Abreise. Wieder überlegte ich, ob ich Kalle nicht einfach alles erzählen sollte: Wie Jano und ich uns nicht zum ersten Mal in Hardys Haus eingeschlichen hatten, während er bei uns in der Kneipe saß, wie wir uns auf seinem Sofa berührt und wie Sabine uns entdeckt hatte. Doch ich schwieg. Kalle lehnte sich ein Stück nach vorn und begann etwas Wachs von der Tischplatte zu kratzen, das an der Kerze heruntergelaufen war. Ich beobachtete, wie der Nagel seines Zeigefingers über das dunkle Holz fuhr, und fragte mich, wie es sein würde, wenn Kalle und Jano sich in Bratislava begegneten. Ich hatte keine Ahnung, wie ich mich dann dem einen und dem anderen gegenüber verhalten sollte. Ich wusste nur, dass ich wollte, dass Kalle mich weiter auf meiner Reise begleitete.

HINTER BIRKENBÄUMEN

Als ich am nächsten Morgen aufwachte, war die Kerze bis zum Boden des Halters heruntergebrannt. Meine leere Teetasse stand daneben. Kalle saß über eine Landkarte gebeugt am Tisch. Das Papier war schon ziemlich zerfleddert, oben in der Ecke stand etwas auf Tschechisch. Wahrscheinlich hatte er die Karte hier im Bauwagen gefunden.

»Wir müssen nur auf diese Straße kommen«, sagte er und fuhr mit dem Finger die Strecke ab, »dann ist der Weg ziemlich einfach: Karlovy Vary, Prag, Brno, Bratislava.«

»Gut«, erwiderte ich, »dann lass uns am besten gleich aufbrechen.«

Kalle nickte.

Sein Gesicht war immer noch stark angeschwollen. Das rechte Auge zierte ein beachtliches Veilchen. Aber es schien ihm wesentlich besser zu gehen als gestern Abend. Mit ein paar Strichen skizzierte er den Weg auf einem Zeitungsschnipsel, dann fuhren wir los. Ich lenkte den Bulli nach Kalles Anweisungen. Er hatte einen ziemlich guten Orientierungssinn. Es dauerte keine halbe Stunde, bis wir aus dem Wald heraus waren. Wir fuhren an grünen Wiesen, kleinen Teichen und unzähligen Birkenbäumen vorbei. Lange Zeit sahen wir kaum einen Menschen. Doch kurz vor Karlovy Vary tauchte plötzlich ein Dutzend Leute auf, die auf der

Landstraße liefen. Manche gingen in kleinen Grüppchen, manche waren allein unterwegs. Viele trugen Plastiktüten bei sich. Hinter der Baumreihe am Straßenrand entdeckte ich flache Barackenhäuser.

»Was meinst du, was das für Leute sind?«, fragte ich.

»Vielleicht Zigeuner«, antwortete Kalle.

An der nächsten Ausbuchtung wendete ich den Wagen und fuhr zurück. Es gab eine grasbewachsene Zufahrt, über die die Menschen mit den Plastiktüten zu den Barackenblöcken gelangten. Ich lenkte den Wagen dort hinein. Auf einer Art Vorplatz hielt ich an. Ein paar Kinder kamen auf uns zugerannt und blieben neugierig vor dem Bulli stehen. Das Gelände um die Blöcke herum war zugestellt mit alten Möbeln, Brettern, Rohren und anderen Gegenständen, die ich nicht zuordnen konnte. Drei dürre Hunde liefen dazwischen herum. Der Boden war aufgewühlt und schlammig. Von meiner Mutter wusste ich, dass Großmutter Lucia in einer Romasiedlung groß geworden war. Ich versuchte, mir Großmutter Lucia hier vorzustellen, zwischen den Barackenhäuschen und all dem alten Gerümpel, von dem man nicht wusste, ob es noch in Benutzung oder einfach nur Müll war, aber sie passte irgendwie nicht ins Bild. Es war zu eng hier für sie.

»Lass uns weiterziehen«, sagte Kalle und nickte mit dem Kopf zur Seite. Eine Gruppe junger Männer war aus einem der Hauseingänge gekommen und schaute misstrauisch zu uns herüber. Ein paar Frauen standen wenige Meter weiter, ihre Plastiktüten hatten sie zu ihren Füßen abgestellt. Wahrscheinlich hatten wir mit unserem Besuch den Strom zur Landstraße zum Erliegen gebracht. Nun waren alle Augen auf uns gerichtet.

»Ich glaub' wir stören hier«, flüsterte Kalle und strich sich mit der Hand über die geschwollene Wange.

Langsam lenkte ich den Wagen wieder auf die Landstraße. Die Kinder folgten uns noch ein Stück. Ich winkte ihnen zu. Sie lachten und winkten zurück.

HÜGEL, FELDER

Während ich durch Karlovy Vary und weiter Richtung Prag fuhr, dachte ich darüber nach, wie sehr Großmutter Lucia immer gegen alles Esoterische gewesen war. Karten legen, Hand lesen, Gläser rücken – all die Dinge, die man oft mit Zigeunern in Verbindung brachte und die meine Mutter deswegen so gern mochte, lehnte Lucia ab. Ich hatte immer angenommen, dass sie Patiencen und Wahrsagersitzungen zu sehr an früher erinnerten, an ihre Zeit in der Romasiedlung, die sie hinter sich lassen wollte. Jetzt hielt ich es für wahrscheinlicher, dass sie all diese Dinge einfach nur wütend machten, weil sie einer romantischen Vorstellung entsprangen, die nichts mit der Wirklichkeit zu tun hatte. Großmutter war Realistin. Träumereien, vor allem die meiner Mutter, gingen ihr gegen den Strich. In der Barackensiedlung hatte niemand lange, wehende Kleider und Wahrsagerinnenstrickjacken getragen.

In Gedanken versunken steuerte ich den Bulli auf die Autobahn. Sie führte an Hügeln, Feldern und Wiesen vorbei, über die sich Hochspannungsleitungen zogen, die bis zum Horizont reichten. Kurz vor Krušovice konnte man auf die Brauerei blicken. Ich ärgerte mich, dass wir keinen Fotoapparat mitgenommen hatten. Krušovice war das Lieblingsbier von Günther, unserem Platzwart. Er hätte sich sicher darüber gefreut, die vielen Fässer zu sehen, die auf dem Hofgelände lagerten.

Von Prag sahen wir hauptsächlich Hochhäuser, ein Meer aus Beton, das wir nur flüchtig streiften. Kalle bedauerte es, dass wir einfach so an der Stadt vorbeirollten, ohne etwas von den Sehenswürdigkeiten zu sehen, mich störte es weniger. Je länger wir unterwegs waren, desto stärker zog es mich nach Bratislava. Wir klatschten ab, als wir endlich Brno erreichten. Wir sangen »We are the Champions«, als das erste Autobahnschild Bratislava anzeigte. Kurz vor der slowakischen Grenze fielen Kalle seine Pakete ein.

»Was sagen wir, wenn die den Laderaum sehen wollen und wir nicht so viel Glück haben wie an der letzten Grenze?«

»Keine Ahnung«, antwortete ich.

Kalle schaute mit angespannter Miene nach draußen. Er war nervös.

Die Ausfahrt aus Tschechien verlief ähnlich der Einfahrt. Man winkte uns durch. Niemand interessierte sich für unseren Laderaum. Auf der slowakischen Seite sah das anders aus. Ein junger Beamter in Uniform kam auf uns zu und wollte die Pässe sehen. Kalle reichte sie ihm. Dabei gab er sich sichtlich Mühe, möglichst seriös zu wirken. Er nickte bedächtig mit dem Kopf, saß sehr aufrecht und machte betont lässige, gediegene Bewegungen. In Kombination mit dem blauen Auge und dem dick geschwollenen Gesicht sah das furchtbar komisch aus. Ein paar Augenblicke konnte ich mich zusammenreißen, doch dann platzte ein leises, aber unüberhörbares Lachen aus mir heraus. Der Grenzer schaute verdutzt zu mir herüber. Einen kurzen Moment trafen sich unsere Blicke. Ich lächelte, er lachte auch und winkte uns weiter. Kalle konnte es nicht fassen.

»Was war das?«, fragte er mich, als wir außer Hörweite waren.

Ein Weltraumlächeln, dachte ich, ein halbes zumindest.

PANENSKÁ 13

Die Panenská Nummer 13 lag direkt an der Ecke zu einer Straße namens Kozia Ulica. Wir waren zwei Stunden durch Bratislava geirrt, um sie zu finden. Das Haus gefiel mir sofort. Obwohl der gelbe Putz an vielen Stellen bereits bröckelte, sah das Gebäude vornehm und edel aus. Ich zählte vier Stockwerke plus ein kleines Dachgeschoss. Die einzelnen Etagen unterschieden sich durch die Höhe der Fenster und die Art der Ornamente, die sie umspielten. Die größten Fenster gab es im ersten Obergeschoss. An der Unterseite waren sie von kleinen Schmuckbalkonen umrahmt, die über angedeutete Säulen an blumenverzierte Kopfteile anschlossen. Einige Wohnungen im Haus schienen leerzustehen. Ganz oben hatte jemand gelbe Holzblumenkästen mit Kräuterpflanzen aufgestellt und eine Sat-Schüssel installiert. Die Eingangstür war aus dunkelbraunem Holz. Kalle stand davor und studierte das Klingelschild. Ich ging zu ihm und las *Plachy, Vanek, Melnik* und noch ein paar weitere Namen. *Hornákov* war nicht darunter. Unruhe stieg in mir auf. Kalle legte mir die Hand auf die Schulter.

»Vielleicht steht sein Name einfach nicht dran.« Tatsächlich waren zwei der Schildchen unbeschriftet. Ich nickte und griff nach dem Knauf. Die Tür war verschlossen. Kalle drückte einen der Klingelknöpfe ohne Namensschild, dann den anderen, niemand meldete sich. Schließlich arbeitete er sich von unten nach oben durch das gesamte Klingelbrett. Wir warteten eine Weile. Alles blieb ruhig.

»Lass uns auf der anderen Seite schauen«, schlug Kalle vor. Wir gingen um das Eckhaus herum, zur Kozia Ulica. Dort befand sich eine Apotheke im Erdgeschoss. Vielleicht konnte uns hier jemand weiterhelfen. Als wir die Tür öffneten, klingelte das Eingangsglöckchen. Eine Frauenstimme rief etwas auf Slowakisch aus einem Hinterraum. Kalle und ich blieben vor dem Tresen stehen und schauten uns um. Genau wie das Haus sah auch die Apotheke edel und betagt aus. Überall standen schöne alte Medikamentenschränke aus glänzendem dunklen Holz. Der Raum war so hoch, dass über den Schränken und Vitrinen noch drei Reihen gerahmter Bilder Platz fanden. Sie zeigten alte Stadtansichten, Landschaften und Porträts. Zeichnungen, Kreidebilder und Fotos hingen bunt gemischt nebeneinander. Dazwischen waren immer wieder kleine perlmuttfarbene Wandlämpchen angebracht.

Die Apothekerin kam aus dem Hinterraum, eine zierliche Frau Ende fünfzig. Sie trug einen weißen, sorgfältig gebügelten Kittel und darüber eine schwarze Perlenkette. Ihr Lippenstift passte zu der dunkelrot gerahmten Brille, die sie auf der Nase trug. Eine weitere, wesentlich schmalere Brille steckte in ihrem dichten, blond gefärbten Haar. Wieder sprach sie uns auf Slowakisch an. Dabei schaute sie prüfend in Kalles geschwollenes Gesicht.

»We are not from here«, versuchte ich zu erklären.

»Deutsch?«, fragte die Apothekerin.

Kalle und ich nickten erleichtert.

Ich kramte den Zettel aus der Tasche, den mir meine

Mutter gegeben hatte. »Wir suchen eigentlich diesen Mann«, sagte ich. »Wohnt der nicht mehr hier?«

Mit routinierten Bewegungen schob die Apothekerin ihre rote Brille nach oben und setzte die schmale auf die Nase.

»Seltsam«, sprach sie, »erst neulich hat mich jemand nach Mischa Hornákov gefragt.«

Jano, dachte ich.

Wir erfuhren von der Apothekerin, dass Michal Hornákov schon vor fünf oder sechs Jahren aus der Panenská 13 ausgezogen war. Er hatte mit seiner Frau in der vierten Etage gewohnt, direkt unter der Dachwohnung. Sie waren nie ein besonders harmonisches Paar gewesen. Er war eher ein ruhiger Typ, ein Einzelgänger, der gern zu Hause blieb und ein gutes Buch las. Solche Abende hatte seine Frau immer als unerträglich langweilig empfunden. Sie war jemand, der gern ausging, in Cafés, ins Theater oder zum Tanzen. Es grenzte an ein Wunder, dass sie es fast zehn Jahre miteinander aushielten. Irgendwann lernte Evka einen anderen Mann kennen. Ein halbes Jahr später zog sie aus der gemeinsamen Wohnung aus. Michal suchte sich daraufhin etwas Kleineres im Viertel Petržalka, der *kleinen Petersilie.*

»Ich fand das ziemlich schade damals«, sagte die Apothekerin, »er hatte viele Jahre hier gewohnt, und ich habe seine ruhige Art immer sehr gemocht.«

»Könnten Sie uns vielleicht seine neue Adresse geben?«, fragte ich.

»Nur wenn Sie mir sagen, warum Sie ihn suchen«, entgegnete sie.

Ich erklärte ihr, dass wir eigentlich nicht nach Michal Hornákov suchten, sondern nach dem jungen Mann, der sich vor einigen Tagen hier nach ihm erkundigt hatte.

Die Apothekerin lächelte amüsiert und schrieb uns die neue Adresse auf einen Zettel: *Topol'čianska 16, Petržalka.*

»Grüßen Sie Herrn Hornákov, wenn Sie ihn sehen«, sagte sie zu mir und: »Kühlen Sie Ihr Gesicht«, verordnete sie Kalle. »Desinfiziert haben Sie die Wunden ja sicher schon.«

Kalle und ich schauten uns an. Die Apothekerin öffnete kopfschüttelnd einen der Schränke zu ihrer Linken. Wir kauften ein Fläschchen Desinfektionsspray und verließen das Geschäft.

PETERSILCHEN

Die *kleine Petersilie* war ein riesiges Plattenbauviertel auf der anderen Seite der Donau. Punkthochhäuser und langgezogene Wohnblöcke reihten sich an den Straßenzügen auf. Dazwischen fanden sich immer wieder breite Grünstreifen. Wir hatten den Weg im Stadtplan, den wir uns besorgt hatten, genau markiert. Mehrere unaussprechliche Straßennamen lagen auf unserer Strecke. Wir taten uns schwer, sie von den unaussprechlichen Straßennamen zu unterscheiden, die nicht zu unserer Route gehörten. Ein paarmal bogen wir falsch ab, mussten anhalten, umdrehen und wieder zurückfahren. Als wir schon fast nicht mehr daran glaubten, kamen wir an.

Topol'čianska 16 war der vierte oder fünfte Eingang einer vierzehnstöckigen Wohnscheibe, die über ein Liefergeschoss und eine eigene Ladenzeile verfügte. Große Schilder mit den Namen der Geschäfte prangten über den Schaufenstern. Ein Teil der Läden stand jedoch leer. Die Wohnungen des riesigen Gebäudekomplexes mussten im Gegensatz dazu fast alle vermietet sein. Auf den Balkonen trocknete Wäsche, Fenster waren geöffnet, und bunte Vorhänge wehten hinter den Glasscheiben hervor. Ich überlegte, wie viele Menschen in diesem Block wohl lebten. Vermutlich fand ganz Strottenheim darin Platz.

Es dauerte eine Weile, bis wir uns durch die langen Nachnamenkolonnen am Klingelbrett hindurchgearbeitet hatten. Diesmal war *Hornákov* darunter. Dem Schild nach wohnte er im zwölften Stock. Ich atmete einmal tief durch und legte den Finger auf den Klingelknopf. In dem Augenblick, in dem ich ihn drücken wollte, öffnete sich die Haustür. Ein Mann kam heraus, er schaute mich an. Einen kurzen Moment blieb mein Blick an seinem kantigen Gesicht hängen. Es lag etwas Vertrautes darin, obwohl ich nicht genau wusste, was es war. Einige grau durchsetzte Strähnen fielen ihm in die Stirn. Früher musste sein Haar einmal ganz schwarz gewesen sein.

»Pardon«, murmelte ich, schob mich an ihm vorbei und hielt die Tür fest, gerade noch rechtzeitig, bevor sie wieder ins Schloss schnappte. Der Mann nickte kurz und ging davon.

»Lass uns gleich nach oben fahren«, sagte ich zu Kalle. Der Lift war schmal und von innen leuchtend blau gestrichen. Auf dem Boden lag noch ein Stück Pappe mit Farbklecksen.

Gemächlich und von einem leisen Quietschen begleitet, arbeitete sich der Aufzug nach oben. Ich spürte, wie ich mit jedem Stockwerk aufgeregter wurde. In wenigen Sekunden würde ich Jano gegenüberstehen. Es fühlte sich seltsam an, hier zu sein. Ich hatte keine Ahnung, ob er sich freuen würde, mich zu sehen. Kalle gingen andere Gedanken durch den Kopf.

»Wieso sucht Jano diesen Hornákov eigentlich?«, fragte er, als wir die neunte Etage passierten.

Ich zuckte mit den Schultern. An dem Abend, an dem mir meine Mutter den Zettel mit der Adresse gegeben hatte,

hatte sie gesagt, dass mir Jano selbst erklären müsse, wer Michal Hornákov war. Ich hatte das damals hingenommen, ohne weiter darüber nachzudenken. Es ging mir um Jano und niemand anderen. Jetzt fragte ich mich, ob meine Mutter Michal vielleicht auch kannte.

Der Fahrstuhl stoppte. Die zwölfte Etage sah sauber und gepflegt aus. Zu beiden Seiten lagen je drei Wohnungen. Die Wände waren frisch gestrichen worden. Es roch noch ein wenig nach Farbe. Die Wohnung von Michal Hornákov lag auf der linken Seite.

»Soll ich?«, fragte Kalle. Er hatte seine Hand bereits auf den Klingelknopf gelegt.

Ich nickte.

ZU DRITT

Das vornehme Ding-Dong der Klingel passte besser zu dem Haus in der Panenská 13 als in einen Plattenbau. Kalle musste es noch viermal erklingen lassen, erst dann machte sich Jano auf den Weg zur Tür. Ich erkannte ihn bereits am Geräusch seiner Schritte. Ruhige, langsame, leicht schlurfende Bewegungen. Als Kalle hörte, dass endlich jemand kam, trat er ein Stück zurück, hinter mich.

Jano trug sein altes olivgrünes T-Shirt und hochgekrempelte Jeans.

»Milla!«, sagte er.

Er klang weder erfreut noch verärgert, nur überrascht.

»Was machst du denn hier?«

»Darf ich reinkommen?«

Jano trat ein Stück zurück in den Flur, damit ich durch die Tür treten konnte. Sein Blick fiel auf Kalle.

»Gehört der mit dem Veilchen zu dir?«

»Tut er«, antwortete Kalle.

Zu dritt standen wir in dem kleinen Wohnungsflur. Gerahmte Schwarzweißfotos von John Lennon hingen vor einer in die Jahre gekommenen Karomustertapete. An einer hölzernen Garderobe befanden sich ein dunkler Filzhut und ein Mantel, der viel zu warm für die Jahreszeit war. Die Wohnung roch nach Tabak und gebratenem Speck. Vom Flur aus konnte ich in die kleine Küche sehen. Die Pfanne stand noch auf dem Herd. Michal Hornákov schien nicht zu Hause zu sein. Zumindest waren keine Geräusche zu hören, die auf seine Anwesenheit hindeuteten. Jano bat uns ins Wohnzimmer. Dort stand ein ausgezogenes Schlafsofa mit zerknüllten Laken und einer aufgeschlagenen Zeitung darauf. Über einen Sessel geworfen lag Janos dunkelblauer Seemannspulli.

»Kann ich mal das Bad benutzen?«, fragte Kalle.

»Ist im Flur neben der Küche«, antwortete Jano kühl.

Ich ging zum Fenster. Man hatte einen weiten Ausblick von hier oben. Hinter dem benachbarten Wohnblock, der nicht so hoch war wie der von Michal Hornákov, lag ein kleiner See, über den eine Hochspannungsleitung führte. Dahinter kam jede Menge Grün mit ein paar versprenkelten Neubauten dazwischen. Am Horizont konnte man ein Kraftwerk mit mehreren Schornsteinen erkennen. Jano trat neben mich.

»Wer ist dieser Typ?«

»Kalle«, antwortete ich, »der vom Bahndamm.«

Jano strich sich mit der Hand über die Schläfe.

»Aber ist der nicht vor den Zug …?«

»Ist er nicht.«

Kalle kam aus dem Bad zurück. Jano und ich drehten uns zu ihm um. Ich spürte, wie Jano Kalle musterte. Unangenehm lange ruhte sein Blick auf Kalles geschwollenem Gesicht und dem blauen Auge.

»Und wie seid ihr hierhergekommen?«

»Mit meinem Bulli«, antwortete Kalle. »Er parkt unten auf der anderen Seite des Blocks.«

Ich verließ das Fenster und setzte mich auf das ausgezogene Sofa. Jano und Kalle blieben stehen. Mit der Zeitung fächelte ich mir Luft zu. Es war ziemlich warm und stickig in dieser Wohnung. Trotz des schönen Wetters waren alle Fenster geschlossen.

»Was haltet ihr davon, wenn wir nach unten zum See gehen?«, fragte ich, um die Situation aufzulockern.

Für drei Personen war der Fahrstuhl ziemlich eng. Jano stand auf der linken Seite und bediente die Knöpfe, Kalle auf der rechten. Ich stellte mich in die Mitte. Wieder ging die Fahrt sehr langsam. Keiner sagte etwas. Ich dachte darüber nach, was ich ansprechen konnte, aber all die Fragen, die mir durch den Kopf gingen, passten nicht in diesen winzigen blauen Aufzugskasten hinein. Ich musste mit Jano allein reden.

Statt zum See wollte Jano lieber mit dem Bulli irgendwo anders hinfahren. Zu einer Wiese, wie er sagte. Kalle setzte sich hinters Lenkrad. Der Beifahrersitz war breit genug, dass Jano und ich zusammen darauf Platz fanden. Während Kalle den Motor anließ, drehte Jano den Kopf nach hinten und inspizierte den Laderaum.

»Ganz schön viele Kartons hast du da.«

Kalle schwieg.

Ohne ein Wort zu sagen, ließ er sich von Jano durch die Straßen von Bratislava dirigieren. Das viele Grün, das uns umgab, ließ die großen Neubaublocks des Petersilienviertels nicht so erdrückend wirken. Sie erinnerten vielmehr an übergroße verstreute Bauklötze. An einer größeren Kreuzung deutete Jano nach links, und Kalle blinkte. Wir kamen an einem Bürogebäude, an Tennisplätzen und an einer Pferderennbahn vorbei.

Ich mochte diese Stadt auf Anhieb. Bisher hatte ich noch nicht viel von der Altstadt und den Touristenplätzen gesehen, aber wir waren über die Donau gefahren, und es war ein erhebendes Gefühl gewesen. Als wir die Brücke mit den übergroßen, wie Zeltleinen gespannten Drahtseilen überquerten, hatte ich plötzlich gespürt, dass mir die Welt auf eine seltsam unberechenbare Weise offen stand. Es war nur ein kurzer Moment gewesen, aber er wirkte bis jetzt nach. In Strottenheim hatte ich niemals ein ähnliches Gefühl gehabt.

Wir hielten auf einer Wiese neben einem Firmengelände mit Schornsteinen, mehreren Hallen und einem Verwaltungsgebäude. Alles sah schon ein wenig in die Jahre gekommen aus. Der Putz blätterte bereits an vielen Stellen von den Wänden. Ich hatte keine Ahnung, ob es das Werk gewesen war, das ich vom Fenster aus gesehen hatte. Wir waren eine ganze Weile gefahren, und ich hatte allmählich die Orientierung verloren.

Kalle kletterte als Erster aus dem Wagen.

»Ich geh' mir mal was Kaltes zu Trinken besorgen«, sagte er, »ich brauch' was zum Kühlen für mein Gesicht.«

Er lief die Straße entlang, die wir gekommen waren. Nirgendwo war so etwas wie ein Kiosk oder eine Kneipe auszumachen. Ich sah ihm hinterher und verstand. Kalle gab uns Zeit zum Reden.

Jano und ich setzten uns auf eine Bank direkt gegenüber dem Werksgelände. In die Mitte der Sitzfläche hatte jemand mit schwarzem Edding *Nirvana* geschrieben. Neben den Betonfüßen lagen zwei leere Bierflaschen und ein paar ausgetretene Kippen. Jano griff in seine Hosentasche und holte ein leicht eingedrücktes Päckchen Zigaretten und ein Feuerzeug hervor.

»Wo sollen wir anfangen?«, fragte er.

»Beim Anfang«, sagte ich.

ROSANAS NOTIZBUCH

Jano legte seinen Arm über die Rückenlehne der Bank. Ganz leicht nur berührte er meine Schultern. Aus dem Augenwinkel betrachtete ich seine hohen Wangenknochen, seine leicht schräge Nase, die Zweihügelstirn.

Jano zog an seiner Zigarette, atmete den Rauch langsam aus und blies ihn über die Wiese zum Werksgelände.

»Erinnerst du dich an den Tag, an dem ich in Rosanas Schlafzimmer eine splitternde Bohle abschleifen sollte? Es muss irgendwann Ende Juni gewesen sein. Ich war ziemlich schlecht drauf, weil ich keine Lust auf das dämliche Abschmirgeln hatte. Doch während ich so am Boden hockte und vor mich hinfluchte, entdeckte ich ein altes Radio unter Rosanas Bett. So eins mit Holzgehäuse. Ich zog es hervor, um zu testen, ob es noch ging. Dabei bemerkte ich, dass an seiner Unterseite ein dünnes Heftchen mit Ledereinband klebte, ein Notizbuch. An der Schrift erkannte ich, dass es ein Geschenk von Marek gewesen sein musste. Er hatte Rosana am Anfang eine Widmung hineingeschrieben und auf den folgenden Seiten ein paar Witze. *Zur allgemeinen Aufheiterung* stand darüber. Du weißt ja, wie Marek war.«

Ich erinnerte mich natürlich daran. Onkel Marek war der größte Witzeerzähler gewesen, den Strottenheim je hervorgebracht hatte. Wenn er einen guten Tag hatte, konnte er jeden in der Kneipe in den Schatten stellen und stundenlang einen nach dem anderen zum Besten geben. »Wie du dir das nur alles merken kannst«, hatte meine Mutter oft zu ihm gesagt. Dabei wischte sie sich ein paar Lachtränen unter den Augen weg, ganz vorsichtig, damit die Wimperntusche nicht verschmierte. Sie liebte seine Witze am meisten.

Jano warf seine Zigarette auf den Boden, drückte sie mit dem Fuß aus und steckte sich sofort eine neue an.

»Viel stand in dem Büchlein nicht drin«, sagte er und drehte die Öffnung der Zigarettenschachtel zu mir. »Rosana hat das Heft wahrscheinlich nie genutzt. Nur diese ersten Seiten waren beschrieben. Ich wollte es schon wieder zuschlagen, da fiel ein Foto heraus. Jemand hatte es zurechtgeschnitten, so dass es nicht mehr viel größer war als ein Passbild. Das Foto zeigte einen Mann mit schwarzen halblangen Haaren und Vollbart vor einem Mirabellenbusch. Auf der Rückseite des Fotos standen ein Name und eine Adresse in Bratislava. *Michal Hornákov, Panenská 13*. Ich drehte das Bild einige Male in meinen Händen und steckte es schließlich in meine Tasche. Als ich es am Abend wieder hervorholte, fielen mir zwei Dinge auf. Die Schrift auf der Rückseite des Fotos war nicht von Marek, sondern von Lucia. Ich fand es seltsam, dass Lucia die Adresse eines Mannes aufbewahrt hatte, der in ihrer alten Heimat Bratislava wohnte. Sie wollte doch sonst nichts mit der Slowakei zu tun haben. Was mich aber noch mehr verwunderte, war das Bild selbst. Es war mir am Anfang gar nicht so sehr aufgefallen, aber dieser Mann hatte Ähnlichkeit mit mir. Je länger ich ihn betrachtete, desto deutlicher wurde es. Man musste sich nur den Bart wegdenken und die Haare kürzer. Eine Woche wartete ich ab, dann fragte ich Rosana nach Michal Hornákov. Sie hielt das

Foto in ihren Händen und sagte, das sei jemand aus dem slowakischen Elektrizitätswerk, der einmal eine Zeitlang bei uns zu Gast gewesen war. Sie versuchte, gleichgültig zu klingen, aber die Art, wie sich ihr Gesicht verspannte, während sie sprach, machte mich neugierig. Ich fragte, wann er denn genau bei uns gewesen sei. Rosana tat erst so, als ob sie überlegte, doch dann sagte sie ganz geradeheraus: Im Sommer 1971. Irgendwie hatte ich in diesem Moment das Gefühl, dass sie erleichtert war, mir diese Antwort geben zu können. Es schien mir sogar, als hätte sie nur darauf gewartet. Also begann ich zu rechnen. Ich wurde am 28. April 1972 geboren. Wenn man neun Monate zurückrechnet, dann ist man im Juli 1971. Du weißt, worauf ich hinauswill?«

»Wird das jetzt eine Verschwörungstheorie?« Ich schüttelte den Kopf und drückte meine Zigarette aus. »Du kennst doch Großmutter Lucia, sie würde niemals …«

Jano senkte den Blick.

»Du erinnerst dich doch, dass wir uns immer gefragt haben, warum Hermann noch so einen Nachkömmling wie mich gezeugt hat, obwohl schon abzusehen war, dass er nicht mehr lange zu leben hatte. Wir haben damals gedacht, dass der Wunsch dahintersteckte, noch einen Teil mehr von ihm am Leben zu erhalten. Doch was wäre, wenn Hermann an meiner Entstehung gar nicht beteiligt gewesen ist? Wenn er vielleicht zu diesem Zeitpunkt schon gar nicht mehr in der Lage war, ein Kind zu zeugen?«

Die Gedanken begannen in meinem Kopf zu kreisen. Wie ein aufgeschreckter Bienenschwarm schwirrten und summten sie umher.

Konnte es wirklich sein, dass Jano nicht der Sohn von Opa Hermann war? Konnte Großmutter Lucia, die strenge, unfehlbare Lucia, die immer so sehr auf Treue und Standhaftigkeit pochte, sich einfach einem anderen Mann hingegeben haben? Ich rechnete nach. Im Februar 1971 hatte Großvater Hermann aufgehört zu arbeiten. Es gab eine feierliche Verabschiedungsurkunde, die immer noch im oberen Flur unseres Hauses hing. Genau ein Jahr später war er tot. Zwischen Juli und dem darauffolgenden Februar lagen gerade einmal sieben Monate.

Jano fuhr sich mit der Hand über die Zweihügelstirn.

»Mit Lucia habe ich nie über die Sache reden können. Mehrmals habe ich versucht, mich zum Sommer 1971 vorzutasten, aber sie hat alles abgeblockt. Ich habe ihr einen Brief mit der Kopie des Fotos unter der Schlafzimmertür durchgeschoben, bevor ich gefahren bin. Ich habe ihr geschrieben, dass ich Michal selbst fragen will, weil es nicht möglich war, mit ihr über alles zu sprechen.«

Ich schaute hinüber zur Einfahrt des Werks. Ein LKW fuhr hinein. Der Pförtner grüßte den Fahrer mit einem Nicken. Hinter ihm schloss er die Schranke.

»Und hast du Michal schon gefragt?«, sagte ich, ohne mich umzudrehen. Das Bienenvolk hatte sich bis in die hintersten Winkel meines Körpers, bis zu den Fingerspitzen, bis zu den Zehen vorgearbeitet. Einen Moment lang überlegte ich, ob Jano es vielleicht sogar hören konnte.

Er nickte.

AUF DER TREPPE

Nachdem Jano von der Apothekerin in der Panenská 13 Michals neue Adresse erfahren hatte, war er sofort dorthin gefahren. Unten im Eingang hatte er den Namen schnell am Klingelschild gefunden. Er stand eine ganze Weile davor. Seltsamerweise brachte er es aber nicht fertig, ihn zu drücken. Jano war nie ein Feigling gewesen. Bisher hatte ihn nichts und niemand von einer Sache abhalten können, die er sich einmal in den Kopf gesetzt hatte. Doch hier, vor diesem Neubaublock, ganz nah an seinem Ziel, verließ ihn plötzlich der Mut.

Jano setzte sich auf die oberste Stufe der Eingangstreppe und wartete. Er begann die Umgebung genau zu studieren. Die Leute, die aus und ein gingen, die Autos, die vor dem Haus parkten, selbst die Kinder, die unten auf der Wiese spielten. Er glaubte, dass er mit jedem Detail, das er in sich aufsog, jeder Stimme, jedem Auf- und Zuschlagen der Tür, mehr zu diesem Haus gehörte. In unregelmäßigen Abständen stand er auf und ging zum Klingelschild. Doch jedes Mal war dort diese unsichtbare Barriere, ein winziger, aber voltstarker Elektrozaun, der ihn zurückweichen ließ. Jano verbrachte den ganzen Nachmittag auf der Treppe. Die Kinder schauten neugierig zu ihm herüber. Als sie am Abend aus den Fenstern der Wohnungen zum Essen gerufen wurden, blieben sie noch eine Weile in seiner Nähe auf der Treppe stehen, turnten über das Geländer, hüpften Stufen hinauf und wieder hinunter, riefen ihm etwas zu, das er nicht verstand, winkten, lachten und verschwanden zum Abendbrot. Mit dem Einbruch der Dunkelheit zog er dann die Aufmerksamkeit der Erwachsenen auf sich. Jano hatte beschlossen, die Treppe auch in der Nacht nicht zu verlassen. Ebenso wie er nicht in der Lage war, den einen Hornákov-Klingelknopf zu betätigen, war es ihm unmöglich, sich vom Hauseingang zu entfernen. Wie ein Gefangener hing er zwischen der Eingangstür und der untersten Treppenstufe fest. Die Leute, die ihre Hunde ausführten oder spät von der Arbeit oder vom Sport zurückkehrten, warfen ihm misstrauische Blicke zu. Er bemühte sich, halbwegs aufrecht zu sitzen, um nicht für einen schlafenden Penner gehalten zu werden. Am besten ging es, wenn er sich mit dem Rücken an das Geländer lehnte und die Beine anwinkelte. Während die Kühle der Nachtluft vom See her über die Wiesen und Bordsteine bis zu ihm hinauf auf die oberste Treppenstufe kroch, dachte er über die Menschen nach, die hier lebten und von denen einer vielleicht sein Vater war.

Drei Männer waren ihm besonders im Kopf geblieben. Der erste war gegen fünfzehn Uhr mit einem gefüllten Einkaufsbeutel in der Hand an ihm vorbeigelaufen. Er hatte eine Halbglatze, aber am dunklen Grauton des verbliebenen Haarkranzes hatte Jano eine ehemals schwarze Strubbelmähne zu erkennen geglaubt. Der Mann war sehr groß gewesen, über eins neunzig vermutlich. Jano war nicht einmal eins achtzig. Er nahm an, dass Michal Hornákov ungefähr seine Größe haben musste. Deshalb schied dieser Kandidat aus.

Der nächste war gegen halb sechs von der Arbeit heimgekommen. Im Anzug und mit einer Aktentasche unter dem Arm. Er trug einen dichten grauen Bart und einen einfachen Kurzhaarschnitt. Seine Augen waren so dunkel wie Janos. Aber in seinem Blick und in dem, was er ausstrahlte, hatte Jano sich nicht wiederfinden können. Der Mann mit der Aktentasche ging leicht gebückt. Als er merkte, dass Jano ihn anschaute, drehte er den Kopf weg. Seine leisen, vorsichtig gesetzten Schritte erinnerten an jemanden, der bewusst unauffällig bleiben wollte. Während er den Schlüssel ins Schloss steckte, zog der Mann seinen Kopf sogar noch etwas dichter an die Schultern heran. Er schien ein Mensch zu sein, der sich wie eine Schnecke in sich selbst zusammenziehen konnte. Jano hoffte, dass dieser Mann nicht Michal Hornákov war. Auch wenn er selbst feige auf der Treppe saß und es nicht einmal schaffte, auf einen verdammten Klingelknopf zu drücken, sollte dieser Typ nicht sein Vater sein. Der dritte Mann, der in Frage kam, sah eigentlich ein wenig zu jung aus. Er hatte ein kantiges Gesicht und dickes, dunkles Haar, wenn auch nicht so dunkel wie auf dem Schwarzweißbild. Er trug eine Sporttasche auf dem Arm und würdigte Jano keines Blickes. Er hatte keinen Schlüssel bei sich und klingelte. In der Gegensprechanlage ertönte eine Frauenstimme. Der Klingelknopf war der falsche.

Jano ließ die drei Männer immer wieder durch seine Gedanken kreisen und hoffte, dass der echte Michal Hornákov bald auftauchen würde. Dann fielen ihm die Augen zu.

Er erwachte erst am nächsten Morgen. Jemand hatte ihm die Hand auf die Schulter gelegt. Ein Mann in einer blauen Arbeitshose stand vor ihm. An der Hauswand lehnte ein breiter Straßenbesen. Der Hausmeister gab Jano zu verstehen, dass er von der Treppe verschwinden sollte. Jano konnte sein Gesicht in der Morgensonne nicht richtig erkennen. Nur die zwei Hügel auf seiner Stirn zeichneten sich deutlich ab.

»Hornákov?«, fragte er. Der Mann schüttelte den Kopf und deutete ihm mitzukommen. Jano folgte ihm zum Türschild, es dauerte, bis der Hausmeister die richtige Klingel gefunden hatte. Als er sie drückte, blieb es still. Er drückte wieder. Nichts. Der Mann in der Arbeitshose seufzte, es war ein müdes, genervtes Seufzen, so wie es jemand von sich gab, der eine bestimmte Situation schon hundertmal erlebt hatte. Wortlos schloss er die Haustür auf. Weil der Lift gerade offen stand, schob er Jano hinein und drückte die richtige Etage. Dann ging er zurück zu seinem Besen.

Als der blaue Fahrstuhl anfing, sich nach oben zu bewegen, hatte Jano das Gefühl zu schweben. Die festen Bestandteile seines Körpers lösten sich auf, Stockwerk für Stockwerk, Stück für Stück. Als der Aufzug schließlich hielt, war kaum mehr etwas von Jano übrig geblieben als der Gedanke, der ihn hierhergebracht hatte. Er wollte Michal Hornákov finden. Er wollte die Wahrheit erfahren.

Jano sammelte sich vor der Tür, las den richtigen Namen auf dem Schild, und noch bevor er mit all seiner Konzentration die Klingel zum Läuten bringen konnte, öffnete Michal selbst. Er stand vor ihm mit einer Mülltüte in der Hand. Verschlafen sah er aus, übernächtigt und ungekämmt. Sein Haar war dünner geworden seit damals, als das Foto aufgenommen wurde. Es fiel ihm in wirren Strähnen in die Stirn, die furchig war, aber nicht hügelig. Dafür war die Nase schmal und leicht nach links gebogen, ganz wie seine eigene.

Jano wusste, dass er seinen Vater gefunden hatte, und gleichzeitig wusste er es nicht. Bei aller Ähnlichkeit war es ein Fremder, der ihm da gegenüberstand. Der Fremde schaute ihn an. Ein *Wer bist du?* stand in seinem Gesicht, ohne dass es ausgesprochen wurde. Jano wusste nicht, was er sagen sollte. Eine Ewigkeit, so kam es ihm vor, stand er einfach nur schweigend da. Schließlich holte er das Foto aus der Tasche. Michal erkannte erst sich selbst, dann den Mirabellenbusch, dann Lucias Schrift auf der Rückseite. Bewegung zeigte sich in seinen Augen: Das Hin- und Herhuschen von Erinnerungen. Es arbeitete in seinem Kopf. Michal atmete viermal tief ein und viermal tief aus, Michal blickte Jano an, Michal stellte seinen Müllbeutel ab.

Er bat ihn nach drinnen zu sich. Auf dem Balkon war bereits der Frühstückstisch gedeckt. Es gab Kaffee und ein wenig Gebäck aus einer Dose. Michal stellte Jano eine Tasse hin. Sie schauten beide hinunter auf den anderen Wohnblock und auf den See dahinter. Die Morgensonne ließ das Wasser rötlich schimmern.

Wo fing man an, nach so vielen Jahren? Jano wusste es nicht. Michal schien es ebenso wenig zu wissen. Mit einem leichten Zittern in den Händen schenkte er Kaffee in die leere Tasse. »Milch?«, fragte er. Jano schüttelte den Kopf. Sie tranken ihn beide schwarz und lauwarm. Während Jano zwei Würfel aus der Zuckerdose fischte, rührte Michal bereits in seiner Tasse. Er rührte so lange und so intensiv, als hätte er einen ganzen Berg Zucker unterzurühren. »Ich habe mein ganzes Leben lang immer das Pech gehabt, mich in Frauen zu verlieben, die nicht zu mir passen«, sagte er schließlich.

FREUNDE

Michal hatte zunächst Hermann und erst viele Jahre später Lucia kennengelernt. Weil er so gut Deutsch sprach, wurde er gebeten, eine Gruppe von Ingenieuren aus der DDR zu betreuen, die das Elektrizitätswerk 1965 besuchten. Für Michal war es eine große Ehre gewesen. Er war gerade erst Mitte zwanzig und noch nicht besonders lange im Betrieb. Die Älteren ließen ihn damals ziemlich oft auflaufen, wenn er mit neuen Vorschlägen und Ideen kam. Mit dem Besuch der ostdeutschen Delegation änderte sich das jedoch. Plötzlich war er ein gefragter Mann. Der eigens engagierte Dolmetscher tat sich schwer mit dem Durchdringen von technischen Vorgängen und Prozessen. Oft kam ihm Michal deshalb zu Hilfe. Auch er hatte natürlich nicht alle Fachbegriffe in der fremden Sprache parat, beherrschte aber das Deutsche so gut, dass er die Abläufe und Anwendungen verständlich beschreiben konnte. Das brachte ihm sowohl bei seinen älteren Kollegen als auch bei den Besuchern viel Respekt ein. Besonders den von Hermann Enders. Bei einem gemeinsamen Mittagessen in der Kantine gestand ihm Hermann, dass er sich bei Fremdsprachen immer schwergetan hatte. Er hatte sich im Englischen und im Russischen versucht und jedes Mal sei er mit Pauken und Trompeten gescheitert. Deshalb bewunderte er Menschen, die fremde Sprachen geradezu in sich aufsaugten. Er erzählte ihm von seiner Frau, die er auf seiner ersten Dienstreise in die Slowakei kennengelernt hatte und deren Akzent kaum noch zu hören sei.

»Ihre Frau ist Slowakin?«, hatte Michal damals gefragt.

»Und was für eine«, hatte Hermann geantwortet.

Nie hatte Michal diesen Satz vergessen.

Gegen Ende der Sechziger trafen sich die beiden Männer wieder. Diesmal war es Michal, der ins Ausland reiste. Der Austausch zwischen ihren Betrieben war mittlerweile zu einer Art kultureller Institution geworden. Es ging inzwischen weniger darum, sich technisch auszutauschen. Die Werke befanden sich nicht mehr im Aufbau wie in den Jahren davor. Dennoch hielt die Leitung an den Zusammenkünften fest. Nun ging es darum, die Freundschaft zu dem Betrieb aus einem anderen sozialistischen Land zu stärken. Dafür wurden gemeinsame Feste organisiert, Konzerte besucht und Ausflüge in die nähere Umgebung unternommen. Hermann und Michal fanden dabei immer wieder Zeit für längere Gespräche. Es war seltsam, dass der hemdsärmelige, pragmatische Hermann so gut mit dem ruhigen Stubenhocker Michal auskam. Obwohl er ebenso wie ein guter Dolmetscher auch ein guter Erzähler war, genoss es Michal am meisten, allein zu Hause zu sitzen und ein Buch zu lesen. Er las oft bis tief in die Nacht hinein und fühlte sich dabei immer gut unterhalten. Hermann las hauptsächlich den Sport- und Lokalteil der Zeitung. Ansonsten war seine freie Zeit stets mit den verschiedensten Aktivitäten ausgefüllt. Er war Vorsitzender des Strottenheimer Sportvereines, er musste seinen Garten bewirtschaften, er hatte seine Doppelkopfrunde, er war ein guter Handwerker und half am Wochenende oft irgendwo mit, wenn etwas gefliest, installiert oder ausgebaut werden musste. Er half gerne und er musste immer eine Aufgabe haben, dann ging es ihm am besten. Michal war ganz anders als die Menschen, mit denen Hermann sonst zu tun hatte. Sein klarer Verstand und seine schnelle Auffassungsgabe gefielen ihm. Am zweiten Tag seines Besuches hatte Michal Hermann nach einem Werksrundgang beiseitegenommen und mit ihm die Schwachstellen des Betriebes erörtert. In allen Punkten war Hermann seiner Meinung gewesen. Nur hatte es bei ihm nicht nur zwei Stunden, sondern mehrere Jahre gedauert, sie richtig zu erkennen.

»Jemand mit deinem Kopf gehört eigentlich ganz nach oben«, hatte Hermann einmal zu Michal gesagt.

»Ganz oben halten es nur die mit den kleinen Köpfen aus«, hatte Michal geantwortet und Hermann hatte gelacht.

Michal war glücklich, dass dieser starke, laute, immer geradeaus schauende Mann so etwas wie ein Freund geworden war. Zu Hause hatte er nicht viele enge Kontakte, was vielleicht auch daran lag, dass er seine Bekanntschaften nie besonders pflegte. Aber Michal spürte, dass es Hermann vollkommen gleichgültig war, wie oft man sich bei ihm meldete. Wen er einmal in sein Herz geschlossen hatte, der ging ihm dort nicht wieder verloren. Michal bewunderte ihn für diesen Charakterzug.

Als er ein paar Jahre später von Hermanns Krankheit erfuhr, konnte er es kaum fassen. Doch die Geschichten, die über mehrere Kollegenmünder und eine Landesgrenze zu ihm gespült wurden, ließen ihn erahnen, wie schlecht es um seinen Freund stand. Deshalb beschloss er, ihn zu besuchen. Ein letztes Mal vielleicht. Das war im Sommer 1971.

LUCIAS GEHEIMNIS

Als Michal in Strottenheim ankam, war er von Hermanns Verwandlung erschüttert. Immer noch war die Kraft, die von seinem Inneren ausging, spürbar. Doch das Wissen um den Verfall seines Körpers hatte aus dem lauten, fröhlichen Menschen einen verbitterten und wütenden gemacht. Hermann war immer ein Mann gewesen, der die Dinge anpackte. Jetzt versagten ihm nach und nach erst die Beine, dann die Arme. Er sprach nie über seine Krankheit oder die Schmerzen, die er hatte. Aber er begann, sich beim kleinsten Anlass, bei der geringsten Nichtigkeit aufzuregen. Ein Putzstreifen am Fenster, ein verbranntes Stück Kuchenrand oder eine knallende Tür konnten ihn zur Raserei bringen. Michal bemerkte, dass er sich seinetwegen zusammennahm und versuchte, den ständig aufkochenden Zorn vor seinem Gast zu unterdrücken. Doch Hermann war ein schlechter Schauspieler. Es tat Michal in der Seele weh, seinen Freund so verändert zu sehen. Es war auch Hermann anzumerken, dass er sich für sich selbst und sein Schicksal schämte. Mit dem Verlauf seiner Krankheit kappte Hermann die Leitungen nach draußen. Er wollte, dass man ihn so in Erinnerung behielt, wie er einmal gewesen war. In einem ruhigen Moment bat er Michal deshalb, nach Hause zu fahren. Michal nickte, packte sogar seine Koffer, doch er blieb. Seltsamerweise akzeptierte

Hermann den Entschluss und die Eigensinnigkeit seines Freundes.

Michal war nie ein besonders hilfsbereiter Mensch gewesen, das Anpacken hatte er am liebsten anderen überlassen, aber in diesem Sommer in Strottenheim hatte er das unabdingbare Gefühl, bleiben zu müssen. Er wollte für seinen Freund da sein. Und für dessen Familie.

Der Besuch im Sommer 1971 war sein erstes Zusammentreffen mit Lucia und den zwei Kindern. Herrmanns Tochter Rosana war gerade sechzehn, eine freundliche, fast noch kindliche Träumerin, aber so ausnehmend schön, dass die Männer des Dorfes ihr zu Scharen hinterherstiegen. Hermann hatte immer ein Auge darauf gehabt, mit wem sie sich traf und wer an ihre Tür klopfte. Das fiel ihm mit dem Fortschreiten seiner Krankheit zunehmend schwerer.

In Hermanns achtzehnjährigem Sohn Marek erkannte Michal einen durchaus klugen und sensiblen Geist, der aber damit geschlagen war, sich auf zwei Extreme aufteilen zu müssen. Es gab den energiegeladenen, Schoten reißenden Alleinunterhalter-Marek, und es gab den zutiefst ernsten, zutiefst einsamen und zutiefst unglücklichen Enders-Sohn. Michal lernte beide Seiten schon innerhalb der ersten drei Tage kennen. Er vermutete, dass der gesunde Hermann eine Art ruhender Pol für seinen Sohn gewesen sein musste, um den dieser kreisen konnte. Mit dem sich stetig verschlechternden Zustand von Hermann ging Marek dieser Anker verloren, und seine Stimmungen schlugen plötzlich ungebremst in beide Richtungen aus.

Hermanns Frau, Lucia, gab Michal Rätsel auf. Trotz der verzweifelten Situation in ihrem Haus wirkte sie auf ihn unglaublich stolz und fest. Sie war nicht dick, aber kräftig gebaut und hatte eine solche Präsenz, dass sich die Moleküle zu verdichten schienen, wenn sie einen Raum betrat. Ohne sie gesehen zu haben, konnte Michal sie bereits spüren. Immer wenn sie ihn ansprach, tat sie es auf Deutsch, selbst wenn sie nur zu zweit waren. Es irritierte Michal, dass sie nie in ihre Muttersprache verfiel. So wie er es verstanden hatte, hatte sie die ersten zwanzig Jahre ihres Lebens in der Slowakei verbracht. Doch wenn er sie darauf ansprach, wechselte sie das Thema. Michal hatte das Gefühl, dass ihre Vergangenheit für sie gar nicht mehr existierte. Sie lebte nur im Hier und Jetzt. Und im Hier und Jetzt gab es einen kranken Mann, den sie versorgen und dessen Launen sie ertragen musste. Wenn er wollte, dass der Ofen geheizt wurde, mitten im Juli, dann heizte sie den Ofen an. Wenn er eine halbe Stunde später stöhnte, dass es zu heiß war, öffnete sie alle Fenster im Haus, damit der Durchzug die Hitze wieder hinaustrug. Wenn Hermann, kaum waren die Fenster geöffnet, darüber schimpfte, dass es zu sehr zog, schloss sie sie wieder. Sie beschwerte sich nie, und niemals verlor sie die Geduld. Dabei ging es schon Monate so. Wenn Michal in Lucias ernstes, dienstbeflissenes Gesicht blickte, dann beeindruckte ihn ihre Stärke und Disziplin. Aber sie war ihm auch unheimlich.

Eines Abends, er war noch eine Runde im See schwimmen gewesen, entdeckte er Lucia auf dem Bahndamm. Sie saß auf einem Stein neben einem Mirabellenbaum und blickte ihm entgegen. Einen Moment lang hatte er erschrocken innegehalten, weil er schon gehört hatte, dass dieser Bahndamm unglückliche Menschen auf besondere Weise anzog. Doch

Lucia saß einfach nur da und schaute auf den See und die Lichter des Elektrizitätswerks am Nordufer.

»Schön hier, nicht wahr?«, sagte sie zu Michal, als er zu ihr auf die Böschung geklettert kam. Der Ton ihrer Stimme klang hier draußen im Dunkeln ganz anders als am Tag. Wärmer irgendwie.

Er setzte sich ins Gras und schaute sie von unten herauf an. Sie blieb ruhig auf ihrem Stein sitzen. Plötzlich begriff er, dass sie hier auf ihn gewartet hatte.

Michal pflückte sich ein paar Mirabellen vom Busch. Die Zweige hingen so dicht über dem Boden, dass er nicht einmal aufstehen musste, um sie zu erreichen. Er hielt Lucia seine offene Hand hin. Sie nahm sich eine, den Rest steckte er sich in den Mund. Das Schwimmen hatte ihm Appetit gemacht. Er kaute hastig und spuckte die Kerne nacheinander in halbhohen Bögen die Böschung hinunter. Dabei sah er Lucia das erste Mal lächeln, von der Dunkelheit halb versteckt.

»Weißt du, früher«, sagte er auf Slowakisch, »hatte mein Vater einen Sauerkirschbaum. Weil mir die Kirschen zu sauer waren, habe ich ihn immer mit Zuckerwasser gegossen. Und ich habe bis heute das Gefühl, es hat geholfen.«

Lucia antwortete nicht. Dennoch fuhr er fort. Er erzählte ihr von einem Mann, der einen kleinen Laden in der Kozia Ulica besaß und die beste, weil süßeste Sauerkirschmarmelade verkaufte. Während er redete, spürte Michal ganz deutlich, dass seine Worte etwas in ihr berührten. Er wusste nicht genau, was es war, aber da sie ihn nicht unterbrach und keine Anstalten machte, selbst etwas zu erzählen, sprach er einfach immer weiter. Der Ladenbesitzer aus der Kozia Ulica hatte neben dem Laden auch noch einen Hund, der Comandante hieß, weil sein Herrchen ein großes Herz für Kuba hatte. Comandante war ein schwarzer Pudel, der es hasste, wenn jemand in den Laden trat, um etwas zu kaufen. Jedes Mal wenn sich die Tür öffnete, begann er zu kläffen und zu knurren. Die Leute aus der Nachbarschaft wussten das, und weil er niemals jemandem etwas tat, ignorierten sie ihn. Wenn aber Fremde in das Geschäft kamen, war es nicht selten, dass sie erschrocken zusammenzuckten. Dann schaute der Besitzer des Ladens hinter seiner Zeitung hervor und erklärte trocken: »Gestatten Sie, das ist mein Hund Comandante, er übt Konsumkritik, aber er tut nix.«

Michal musste lachen, so wie er immer lachen musste, wenn er diese Geschichte erzählte. Lucia blieb weiter still. Doch die Luft, die sie umgab, hatte sich verändert. So wie er vorher ihre bloße Anwesenheit im Raum hatte spüren können, so spürte er nun, dass sich die Schwingungen, die von ihr ausgingen, verwandelt hatten. Sie hatte sich ihm ein Stück geöffnet, war näher an ihn herangerückt, ohne sich auch nur einen Millimeter bewegt zu haben. Es faszinierte ihn, wie diese Frau die Moleküle um sich herum beherrschte, wie sie Signale sendete, die man nicht sehen und nicht hören, sondern nur erahnen konnte. Es gefiel ihm, mit den kleinen Anekdoten in ihrer Muttersprache ihre Aufmerksamkeit geweckt zu haben. Deshalb begann er alle Geschichten und Geschichtchen auszuplaudern, die ihm in den Sinn kamen. Bei vielen war er sich nicht sicher, ob sie eine Frau, die zehn Jahre älter war als er, überhaupt interessieren konnten. Doch Lucia blieb ruhig neben ihm sitzen, und er hatte eine Ahnung, dass sie sich amüsierte.

Sie kehrten erst spät zurück zum Haus der Familie Enders. Kaum, dass sie die Schwelle übertreten hatte, verwandelte sich Lucia wieder in die Person, die sie die Tage zuvor gewesen war. Sie war wieder die dienstbeflissene, die geduldige, die ernste, die verschlossene Lucia. Am Morgen stand sie früh auf, um ihrem Mann das Frühstück und die Zeitung ans Bett zu bringen. Sie hielt sie für ihn, sie blätterte für ihn um, sie führte seinen Stift beim Kreuzworträtsel. Vom Krankenbett aus rief sie ihren Kindern ein paar Besorgungen zu, die sie erledigen sollten. Alles war wieder beim Alten. Zumindest tagsüber.

Lucia wartete fast jede Nacht am See auf ihn. Es war immer ein guter Abend für Michal, wenn er sie am Bahndamm sitzen sah, und ein schlechter, wenn der Stein neben dem Mirabellenbusch leer blieb. Während er tagsüber Zeit mit Marek und Rosana verbrachte, kleine Reparaturen am Haus verrichtete und Hermann Gesellschaft leistete, sobald dieser dazu in Stimmung war, überlegte er, was er Lucia am Abend erzählen konnte. Mit der Zeit waren ihm die Anekdoten ausgegangen und er war dazu übergewechselt, Lucia Orte, Straßen und Plätze in Bratislava und Umgebung zu beschreiben. Manchmal erzählte er auch von seinen Kollegen, manchmal aus seiner Kindheit. Egal was es war, Lucia hörte ihm mit ihrer ganzen Aufmerksamkeit zu. Es war ein intimes, hingebungsvolles Zuhören, das Michal eine Nähe vermittelte, die er noch nie einer anderen Frau gegenüber empfunden hatte.

All die Male, die sie sich trafen, sprach Lucia kein Wort. Trotzdem wurden ihre gemeinsamen Nächte immer länger. Einige Male mussten sie sich beeilen, um nicht den morgendlichen Pendlern zu begegnen. Während sie sich an Zäunen und Gebüschen vorbeischlichen, hielt Lucia seine Hand.

Ganz allmählich waren sie sich auch körperlich näher gekommen, ganz allmählich hatte ihm Lucia ihre verborgene, leidenschaftliche Seite gezeigt. Eine Erfahrung, die Michal in der Nacht genoss und die für den Tag eine unabschüttelbare Schwere auf seinen Schultern hinterließ. Er hinterging seinen Freund, seinen einzigen und schwerkranken.

Michal konnte Hermann kaum noch in die Augen schauen, schob Besorgungen und Reparaturen vor, um nicht an seinem Bett sitzen zu müssen. Falls es doch geschah, bemerkte er, dass er eifersüchtig wurde, wenn er Lucia dabei zusah, wie sie sich aufopferungsvoll um ihren Mann kümmerte. Michal konnte seine zwei Rollen nicht so eisern und unumstößlich zwischen Tag und Nacht trennen, wie sie es vermochte.

Eines Abends kam der Punkt, an dem Lucia ihn bat, nach Hause zu gehen. Michal hatte befürchtet, dass dieser Moment irgendwann eintreten würde, und war trotzdem völlig aus der Bahn geworfen. Zwei Tage schloss er sich in seinem Gästezimmer ein. Marek und Rosana klopften ein paarmal an der Tür, doch er schickte sie immer wieder weg. Irgendwann riss er sich zusammen und packte seinen Koffer. Obwohl ihm sowohl Lucia als auch ihre beiden Kinder anboten, ihn zum Bahnhof zu bringen, zog er es vor, allein zu gehen.

Als er wieder zu Hause war, dachte er Tag und Nacht nur an Lucia. Plötzlich empfand er es als Qual, dass er so viel von sich erzählt hatte und doch so wenig von ihr wusste. Er ärgerte sich, dass er nicht häufiger gewagt hatte, weiter in ihre Vergangenheit vorzustoßen. Er versuchte, sich an alle Einzelheiten, die er aufgeschnappt hatte, zu erinnern. Rosana hatte ihm bei einem Spaziergang erzählt, dass ihre Mutter aus armen Verhältnissen stammte, ihre Eltern waren Roma gewesen. Von Hermann hatte Michal schon vor ein paar Jahren erfahren, dass Lucia in der Betriebskantine des Elektrizitätswerkes arbeitete, als sie sich kennenlernten.

Eine solche Stelle zu bekommen, war für eine junge Romafrau zu dieser Zeit ein großer Wurf gewesen. Wer als Zigeunerkind galt, hatte alles andere als gute Startchancen. Daran hatte sich bis heute nicht viel geändert. Doch Lucia war eine Kämpfernatur, eine Frau, die sich zu behaupten wusste, und eine, die entschlossen und sturköpfig genug war, um für einen Mann ihr altes Leben vollkommen hinter sich zu lassen. Michal hatte keine Ahnung, wie ihre Abreise vonstattengegangen war, aber er ahnte, dass Lucia mit ihrem Fortgehen alle Verbindungen zu ihrem alten Leben gekappt hatte. Es gab kein Zurück mehr für sie. Deshalb lernte sie die neue Sprache so schnell, deshalb kam die Sprache ihrer Kindheit nicht mehr über ihre Lippen. Doch trotz aller Bemühungen war sie in ihrer neuen Heimat immer die Fremde geblieben, die Ausländerin. So hing sie zwischen den Welten. Das Einzige, an dem sie sich in dieser Schwebe festhalten konnte, waren ihre Disziplin und ihr Stolz. Sie wurde hart zu sich selbst und hart zu allen anderen, denn diese Härte und Strenge gaben ihr Halt.

Diese Überlegungen gingen Michal Hornákov immer wieder durch den Kopf. Mal glaubte er, Lucias Wesen dadurch besser, mal überhaupt nicht mehr verstehen zu können. Auf den entscheidenden Gedanken, der erklärte, warum sie ihn so plötzlich abgewiesen hatte, kam er allerdings erst fünf Monate später. Er hatte gerade beim Frühstück gesessen, im Radio hatten sie etwas von dem nächtlichen Unwetter erzählt, das Bäume umgestürzt und Dächer entziegelt hatte. Dabei war es ihm plötzlich eingefallen: Lucia hatte ihn nach Hause geschickt, weil sie schwanger war.

Es war eine Art Eingebung und es erklärte alles. Sie, die ihre Rollen als Liebhaberin und pflegende Ehefrau so gut zu trennen vermochte, trug einen Beweis in sich, der diese strikte Trennung in Gefahr brachte. Deshalb musste Michal gehen. So wie sie damals die Verbindungen zu ihrer Kindheit gekappt hatte, so sollten nun ihre gemeinsamen Nächte am Bahndamm einfach ausgelöscht werden. Auch wenn es bei seinem Gesundheitszustand mehr als fragwürdig erschien, würde Lucia allen Menschen in ihrer Umgebung klarmachen, dass es Hermanns Kind war, was da in ihr heranwuchs. Ihre Strenge und Sturheit würden dafür sorgen, dass man ihr glaubte.

Michal überlegte lange, wie er sich verhalten sollte. Er musste Lucia fragen, ob seine Vermutung stimmte. Doch er entschied sich, aus Rücksicht auf seinen alten Freund, abzuwarten. Er nahm an, dass der schwerkranke Hermann nichts von Lucias Schwangerschaft ahnte. Um ihn in Würde aus der Welt scheiden zu lassen, musste sie ihren Bauch vor ihm versteckt halten. Also harrte Michal aus. Es wurden schlechte, unerträgliche Wochen. Michal fühlte sich schuldig, auf das Ende eines Lebens zu warten, nur um endlich Gewissheit bekommen zu können.

Es dauerte noch zwei Monate, bis ihn die Nachricht von Hermanns Tod erreichte. Michal schrieb eine Kondolenzkarte und einen Brief, in dem nicht viel mehr stand als ein einziger Satz. *Werde ich Vater?* Er schickte beides am gleichen Tag ab.

Lucia ließ sich mit ihrer Antwort Zeit. Ein paarmal war

Michal kurz davor gewesen, seine Sachen zu packen und nach Strottenheim zu reisen. Dann kam ihr Brief. Er war nicht viel länger als der, den er verfasst hatte. *Hermann ist Vater geworden*, schrieb sie und dass sie sich nun voll und ganz auf ihre Familie konzentrieren müsse. Sie wünsche keine Briefe, keine Anrufe, keine Besuche. Es war das kühlste Schreiben, das Michal je in den Händen gehalten hatte. Lucia hatte entschieden, dass ihr Kind lieber einen toten Vater haben sollte als einen unehrenhaften, und Michal beging den unbegreiflichsten Fehler seines Lebens. Er akzeptierte ihre Entscheidung.

FAMILIE

Jano erhob sich von seiner Bank und kam zu mir. Ich stand auf der Wiese und versuchte zu begreifen, was er mir da gerade erzählt hatte. Drüben verließen die ersten Arbeiter das Kraftwerk. In mir drin fiel ein Schornstein in sich zusammen. Der lange Schlot hatte, während Jano sprach, bedrohlich zu wanken begonnen. Ich hatte die Schwingungen bis in die Zehenspitzen hinein spüren können. Die kleinen Härchen an meinem Körper hatten sich aufgestellt. An ihren Wurzeln begann es zu kitzeln und zu kribbeln. Nun, nach dem Einsturz, lagen die Trümmer des eben noch schwankenden Kamins in meinem Körper, drückten auf Venen, Arterien, Herzklappen und Lungenflügel.

Jano zeigte auf das Werk vor uns. »Hier auf dem Gelände sind sich deine Großeltern das erste Mal begegnet«, sagte er, ohne mich anzuschauen. »Ich wollte es dir zeigen, bevor sie es dichtmachen. Das neue Werk steht schon zur Hälfte. Sie bauen es weiter draußen vor der Stadt.«

Ich blickte hinüber zu den Hallen. Nirgendwo konnte ich so etwas wie einen Speisesaal entdecken. Aber vielleicht war die Kantine, in der Großmutter Lucia einst gearbeitet hatte, bereits abgerissen.

Ein Altweibersommerfaden zog durch die Luft an mir vorbei. Es war der erste, den ich in diesem Jahr zu Gesicht bekam. Bald würde es mehr von ihnen geben und mit ihnen würde es langsam Herbst werden. Ich vergrub meine Hände in den Taschen meiner Jeans.

»Warum hast du mich nicht gefragt, ob ich mit dir nach Bratislava komme?«

»Weil ich es so besser fand«, antwortete Jano. Er strich sich mit der Hand über seine Zweihügelstirn. »Nachdem Sabine uns beide in ihrem Haus entdeckt hatte, lag ich die ganze Nacht wach in meiner Hütte. Mir gingen tausend Dinge durch den Kopf. Zum einen wurde mir klar, dass ich das Foto von Michal Hornákov schon fast zwei Monate mit mir herumtrug und dass nun der Zeitpunkt gekommen war, jemanden zu finden, der mir Antwort auf meine Fragen geben konnte. Zum anderen begriff ich, dass das mit uns ein Ende haben muss. Deshalb habe ich ein paar Sachen zusammengepackt und mich an die Landstraße gestellt.«

»Und du denkst, das geht so einfach? Du beschließt, dass das mit uns ein Ende haben soll, und verschwindest und gut?«

Jano ging zurück zur Bank.

»Milla, du weißt doch, was ich meine. Wir sind Familie.«

»Weniger Familie, als wir bisher dachten.«

»Aber immer noch Familie genug. Außerdem hast du ja auch einen neuen Verehrer. Wenn sein Gesicht wieder abgeschwollen und das blaue Auge weg ist, dann sieht dieser Kalle vielleicht ganz passabel aus.«

Ich spuckte auf den Boden.

Kalle hatte also recht gehabt. Jano wollte gar nicht, dass ich ihn suchte. Er wollte sein eigenes Ding durchziehen. Er wollte seinen Vater suchen. Er wollte mich loswerden. Ein Auto fuhr an mir vorbei, ich vernahm das Brummen des Motors wie durch eine Wand. Es war, als ob alle Kraft aus meinem Körper gewichen war. Kein Muskel ließ sich mehr anspannen. Nirgendwo gab es einen Widerstand. Ich sank auf die Bank, schloss die Augen, öffnete sie wieder. In der Ferne sah ich Kalle die Straße entlangkommen. Er schaute prüfend zu uns herüber, eine Flasche Cola in der Hand.

SCHWIMMEND

Wir brachten Jano zurück in die Topol'čianska 16. Er würde dort erst mal eine Weile wohnen, das hatte er mit Michal bereits abgesprochen. Während der Fahrt zurück ins Petersilienviertel hatte kaum jemand etwas gesagt. Auch der Abschied verlief unerträglich leise.

»Mach's gut, Milla«, sagte Jano, ohne mich in den Arm zu nehmen.

»Mach's gut, Jano«, entgegnete ich, dann stieg er aus dem Wagen und ging nach drinnen. Kein Noch-einmal-Umdrehen. Kein Winken. Kein weiteres Wort. Jano, der Eigenbrötler, hatte »Leb wohl« gesagt. Ich hatte keine Ahnung, wann ich ihn wiedersehen würde. Vielleicht in ein paar Wochen, vielleicht in ein paar Monaten, vielleicht noch viel später. Ich senkte den Kopf. Haarsträhnen fielen mir vor die Augen. In mir klingelte und dudelte es, wie in einem kaputten Spielautomaten.

Kalle startete den Bulli, fuhr hundert Meter und stellte den Motor wieder ab.

»Lass uns an den See gehen«, schlug er vor.

Es gab einen Kiesstrand, der an einigen Stellen von Gras überwuchert war. Auf der rechten Seite des Gewässers befand sich eine kleine Seekneipe, die allerdings schon geschlossen hatte. Kalle breitete die Decke aus dem Bulli aus, und wir setzten uns ans Ufer. Einige Kinder spielten im Wasser. Ihre Mütter saßen am Rand und genossen die Abendsonne, dort, wo die Plattenbauten noch keine Schatten warfen. In der Mitte des Sees schwammen zwei Schwäne, darüber zog sich die Hochspannungsleitung. Es war ein seltsames Idyll. Aber es war auch ein seltsamer Tag. Ich hatte Jano gefunden und ihn wieder verloren. Ich hatte viel über Michal Hornákov erfahren, aber nicht mit ihm gesprochen. Jano hatte Lucias Geheimnis aufgedeckt, aber das neue Wissen gab mir nichts. Es machte mich nur trauriger.

»Kommst du mit ins Wasser?«, fragte Kalle. Er hatte sich lieber nicht danach erkundigt, wie mein Gespräch verlaufen war. Janos Abgang war ein deutliches Zeichen gewesen.

»Ich weiß nicht«, sagte ich müde, während sich Kalle bereits seiner Klamotten entledigte. Nur die Unterhose behielt er an. Er nickte mir aufmunternd zu und erhob sich. Ich beobachtete, wie er langsam ins Wasser watete. Die Oberfläche sah glatt und einladend ruhig aus. Der See schien eine angenehme Temperatur zu haben. Kalle tauchte unter, schwamm drei, vier Züge unter Wasser, tauchte wieder auf und ließ sich treiben. Ein paarmal sah er hinüber zum anderen Ufer. Es war kein besonders großer See. Auf der anderen Seite konnte man einen schilfumwachsenen Steg erkennen, an dem Ruderbote festgemacht waren. Es sah alles ruhig und friedlich aus. Kalle begann darauf zuzuschwimmen. Ich wollte nicht allein am Ufer zurückbleiben. »Warte«, rief ich deshalb und zog mir mein T-Shirt über den Kopf.

Das Wasser war erfrischend. Ich ließ mich einfach hineingleiten, tauchte unter und wieder auf. Mit ein paar Kraulzügen schloss ich zu Kalle auf.

»Du kraulst nicht schlecht«, sagte er.

Ich dachte daran, dass man mich früher immer für eine Schwimmerin gehalten hatte. Wegen meiner kräftigen Schultern und Oberarme, die ich von Großmutter Lucia geerbt hatte.

»Vielleicht sollte ich anfangen, für Olympia zu trainieren«, antwortete ich.

»Vielleicht«, entgegnete Kalle. Er lächelte mich an. »Aber nicht heute.«

Mit langen, gleichmäßigen Zügen schwammen wir über den See. Es tat gut, immer wieder die gleiche Bewegung zu machen und nicht darüber nachdenken zu müssen.

»Weißt du, was mein Traum ist?«, fragte mich Kalle, während wir nebeneinander durchs Wasser glitten.

Ich schüttelte den Kopf.

Kalle hob seine Hand in die Luft und machte eine bogenförmige Bewegung, die einen Schriftzug andeutete.

»Kalle Sundts Fischfutterversand – Ihr Fischfutter im Abo«, sagte er. Dann verschwand sein Arm wieder im Wasser. »Früher hatte ich mal mehrere Aquarien und habe selbst Fische gezüchtet. Man muss sich ganz schön reinhängen und belesen sein, vor allem was das richtige Futter betrifft. Leute, die viel arbeiten, haben eigentlich keine Zeit dafür. Deshalb dachte ich, ich liefere ihnen das passende Futter direkt nach Hause.«

»Und das hast du dir gerade eben ausgedacht?«

»Nein, die Idee hatte ich schon vor einer ganzen Weile.

Als ich das Aquarium im *Roten Hecht* gesehen habe, ist sie mir wieder eingefallen.«

Der Steg lag inzwischen nur noch wenige Meter von uns entfernt. Ich machte ein paar letzte kräftige Züge und drückte mich nach oben auf die dunklen, wettergegerbten Holzplanken, die die Sonne angenehm gewärmt hatte. Kalle legte sich neben mich.

»Wenn du willst, können wir das auch zusammen aufziehen. Quasi als gleichberechtigte Partner«, schlug er vor.

»Weiß nicht. Mal sehen«, sagte ich.

Wir schauten eine Weile einfach nur über den See, sahen zu, wie die Mütter ihre Handtücher und Decken zusammenpackten und mit ihren Kindern nach Hause gingen. Eine Gruppe Jugendlicher nahm dafür am Ufer Platz. Sie hatten einen Kassettenrekorder dabei. Ab und an drangen Songfetzen slowakischer Rockmusik zu uns herüber.

»Willst du in die Kneipe zurück? Nach Hause?«, fragte Kalle schließlich.

Ich dachte an meine Mutter, an den Furnierholztresen, an die Leute vom Fußballverein, an den Bahndamm.

Ich zuckte mit den Schultern.

Ein leichter Wind kam auf. Wir hörten die am Steg befestigten Ruderboote sanft gegeneinanderschlagen. Kalle setzte sich auf, stützte sich mit den Händen ab und ließ sich langsam ins Wasser gleiten. Ich folgte ihm. Im Halbdunkel schwammen wir über den See. Ich dachte an Jano, der jetzt wahrscheinlich mit Michal oben beim Abendessen saß. Ich dachte an meine Großmutter, die ihre Wurzeln und ihren slowakischen Liebhaber mit aller Strenge und Härte von sich gestoßen hatte. Trotz ihrer Disziplin musste sie Sehnsucht verspüren nach den Menschen, die ihr einmal nahegestanden hatten und die sie nie wieder sehen würde. Vielleicht war es ihre Sehnsucht und nicht ihre Sturheit, die sie so fest auf die Erde drückte, dass sie beim Gehen Furchen zog. Ich schaute hinauf zum abnehmenden Mond und dachte an meine Mutter, die heute Abend wahrscheinlich schon wieder hinter ihrem Weltraumtresen schwebte und die Männer in der Kneipe ihre Züge vergessen ließ. Wenn sie auf die Erde hinunterschaute, sah sie uns vielleicht gerade unter der Hochspannungsleitung hindurchschwimmen. Kalle und ich, zwei winzige, helle Punkte im dunkelblauen Plattenbausee.

Mir fiel auf, dass ich zum ersten Mal in meinem Leben nicht wusste, was ich am nächsten Tag tun würde. Es war plötzlich vieles möglich, aber gleichzeitig war vieles auch nicht mehr da. Selbst wenn ich wollte, konnte ich nicht in dieselbe Kneipe zurückkehren, aus der ich gekommen war. Mit Janos Fortgehen hatte das alte Café Enders für mich aufgehört zu existieren. Alles, was jetzt da war, war vage.

Ich hörte auf, meine Schwimmbewegungen zu machen, drehte mich auf den Rücken und ließ mich einfach im Wasser treiben. In meinen Armen und Beinen spürte ich eine angenehme Erschöpfung. Die Nacht war nicht besonders kühl. Kalle schwamm in kleinen Kreisen um mich herum.

»Träumst du?«, fragte er.

»Nein«, antwortete ich mit halb geschlossenen Augen. »Ich frage mich nur, woher man eigentlich wissen soll, was man will.«

»Ich denke, das wächst so vor sich hin. Erst in einem drin und dann irgendwann aus einem heraus.«

Kalle drehte sich auf den Rücken. Seine Arme schwangen sanft im Wasser. Ganz langsam kam er mir näher.

»Weißt du, ich glaube, da ist vielleicht schon ein bisschen was in mir drin.«

»Und was will es?«

»Eigentlich nicht viel. Es sagt: Lass uns einfach noch ein bisschen weiterfahren.«

»Weiterfahren«, wiederholte Kalle und machte eine kreisende Bewegung mit seinem Arm. Ganz zart streifte er dabei meine Schulter. »Weiterfahren, das klingt gut.«

DANKSAGUNG

Die Entstehung dieses Werks wurde durch ein Stipendium der Kulturstiftung des Freistaates Sachsen ermöglicht.

Ein großer Dank geht zudem an alle die, die mich beim Schreiben dieses Romans begleitet und unterstützt sowie meine Launen in weniger produktiven Phasen ertragen haben, insbesondere an Natalie Buchholz, Christian Scheibach, Heike, Bernd, Marie und Irmgard Wilhelm, Alexander Platz, Oliver Kietzmann, Janine Edler, Doreen Schmidt, Katrin Marie Merten, Michal Krmencik, Katharina Hartwell, Michael Probst, Jens, die Albertina Bibliothek in Leipzig sowie das Junge Literaturforum Hessen-Thüringen.